Lynn Mason

Voll verliebt!

Lynn Mason

Voll verliebt!

Aus dem Amerikanischen von Birgit Hock

Ravensburger Buchverlag

Deutsche Erstausgabe
als Ravensburger Taschenbuch
Band 58310
erschienen 2001

Die Originalausgabe erschien 1998
bei Bantam, New York
unter dem Titel »The ›L‹-Word«
© 1999 by Daniel Weiss Associates, Inc.,
and Jennifer Ziegler

© 2001 Ravensburger Buchverlag
Otto Maier GmbH
für die deutschsprachige Ausgabe

Umschlagkonzeption: Kursiv Visuelle Kommunikation
unter Verwendung eines Fotos von The Stock Market

Redaktion: Julia Gianmoena

Printed in Germany

Die Schreibweise entspricht den Regeln
der neuen Rechtschreibung.

5 4 3 2 1   05 04 03 02 01

ISBN 3-473-58310-3

www.ravensburger.de

heartbeat

heartbeat

Für
Christy McCartney Malan

Ich weiß natürlich, dass ich nicht der erste und einzige Typ auf dieser Welt bin, mit dem schon mal Schluss gemacht wurde. In unserer Schule gibt es eine ganze Menge Jungs, die von ihren Freundinnen den Laufpass bekommen haben, und auch im Fernsehen gibt es so etwas hin und wieder zu sehen. Ich hätte nur nie gedacht, dass dies ausgerechnet mir mal passieren würde.

»... neunzehn ... zwanzig ... einundzwanzig ...« Ich ächzte beim Stemmen der 10-Kilo-Hantel. So konnte ich wenigstens meinen ganzen aufgestauten Ärger loswerden. Es war ein träger Samstagnachmittag, kurz vor den Weihnachtsferien, und das Einzige, worauf ich mich konzentrieren konnte, war, meine Hanteln zu stemmen.

Seit mir Jo Beth vor zwei Wochen jene »Ich-möchtedass-wir-Freunde-bleiben«-Rede gehalten hatte, kannte ich mich selbst nicht mehr. Es war zwar wirklich nicht so, dass ich ohne sie nicht mehr leben konnte – ich bin schließlich kein jämmerlicher Klammeraffe – aber ich fühlte mich hintergangen. Also mal ehrlich: Wer mitkriegt, dass ein Typ von seiner Freundin verlassen wurde, fragt sich doch sofort, was den Typ auf einmal so unausstehlich macht. Hat er schlechten Atem? Ist er ein Langweiler? Ich malte mir aus, wie all die anderen Jungs meiner High School in Saddle Pass ihre eigenen Theorien verbreiteten: »Ich habe gehört, Sean küsst wie ein Breitmaulfrosch« oder »Ihm war Football wichtiger als Jo Beth«.

Außerdem war die Art und Weise, wie sie mit mir Schluss gemacht hatte, völlig daneben: nämlich unmittelbar nach dem Auftritt der Cheerleader vor unserem letzten Spiel in der Saison. Ich war besessen von dem Gedanken, die *Messina Mustangs* zu schlagen. Es war für mich das letzte Spiel als Angriffsspieler der *Fightin' Pirates*, und ich war der Star der Mannschaft. Unser Team war in den letzten zwei Jahren sehr erfolgreich gewesen. Einige Spiele waren noch immer Stadtgespräch. Auf der Suche nach Verstärkung für ihre College-Teams hatten mir Talentjäger aus dem ganzen Land ihre Visitenkarten gegeben, um mich anzuwerben. An diesem Abend würde ein Talentsucher aus Florida – dort wollte ich auch aufs College gehen – unserem Spiel zusehen.

Die ganze Woche über hatte ich mich intensiv auf das Spiel vorbereitet: Ich hatte hart trainiert, auf gesunde Ernährung geachtet und war natürlich auch immer früh zu Bett gegangen. Es hatte Jo nicht gepasst, dass ich sie am späten Abend nicht mehr anrief, und ich war auch nicht mehr mit ihr zu Willie's Chili gegangen (ich war überzeugt, dass ich den mit Käse überbackenen Pommes nicht hätte widerstehen können). Ich dachte, ihr wäre klar, wie wichtig mir dieses Spiel war, und dass ich deshalb auch in Topform sein wollte.

Auf alle Fälle war ich kurz vor dem Spiel bester Laune.

Ich malte mir aus, wie der Football, genau platziert wie eine Rakete, in meinen Händen landen würde und die Masse der Zuschauer vor Begeisterung grölen würde. Der Talentsucher würde dann natürlich sofort übers Handy seinen Chef anrufen. Ich konnte mich überhaupt nicht darauf konzentrieren, was Jo Beth und der Rest ihrer Truppe gerade vorführten. Der Kunst-Kurs hatte ein riesiges Pferd aus Pappmaschee gebaut, und die Cheerleader wechselten sich bei dem Versuch ab, das Pferd mit dem Lasso zu »fangen«. Eigentlich war die ganze Aktion ziemlich lächerlich, aber die Zuschauer waren begeistert.

Als unser Team gerade auf das Spielfeld wollte, kam Jo auf mich zu und zog mich zur Seite. Sie wollte unbedingt mit mir sprechen. Ich versuchte, mich weiterhin auf mein bevorstehendes Spiel zu konzentrieren und hörte ihr gar nicht richtig zu. Aber als sie sagte: »Weißt du, Sean, ich glaube, wir haben uns auseinander gelebt«, war ich plötzlich ganz Ohr.

Das kam so unerwartet, dass ich nicht wusste, wie ich reagieren sollte. Plötzlich hatte ich das starke Bedürfnis, auf irgendetwas einzuschlagen. Als ich mich umdrehte, grinste mich das riesige Pappmaschee-Pferd höhnisch an. Mit einem einzigen Hieb schlug ich ihm den Kopf ab.

Später, beim Spiel, ließ meine Konzentration natürlich schwer zu wünschen übrig. Immer wieder verfehlte ich den Ball. Dann endlich, mitten im dritten Spielviertel, bekam ich die Gelegenheit, den Ball zu fassen. Ich musste mich ziemlich strecken, um den Ball zu erwischen, aber noch bevor ich ihn sicher wegstecken konnte, rammte mich ein gegnerischer Mittelfeldspieler und der Ball flutschte mir aus den Händen. Ich versuchte noch, ihn zu erwischen, wurde aber vom gegnerischen Außenspieler festgehalten; und beim Versuch, mich von ihm zu befreien, verstauchte ich mir mein linkes Knie. Das gegnerische Team gewann den Ball zurück und ich blieb für den Rest des Spiels auf der Bank.

Die gute Nachricht war, dass der Arzt meinte, die Verletzung würde auch ohne Operation ausheilen; ich sollte mir nur etwa einen Monat Ruhe gönnen. Die schlechte war, dass Mr Florida das Spielfeld verließ, ohne sich auch nur zu verabschieden.

Während der folgenden Wochen ließ ich die Schule ziemlich schleifen. Ich flippte wegen jeder Kleinigkeit gleich komplett aus. Immer wieder musste ich an das verrückte Buch denken, das wir mal im Deutschunterricht gelesen hatten – das Buch, in dem der Typ eines Morgens aufwacht und feststellt, dass er sich über Nacht in einen Käfer verwandelt hat. Natürlich hatte ich mich nicht in eine Küchenschabe oder so etwas verwandelt, aber ich erkannte mich selbst nicht mehr.

Bevor Jo Beth mich verlassen hatte, war ich Sean-Foster-Superstar. Ich hatte eine coole Freundin, und vor mir lag eine viel versprechende Karriere als Football-Spieler. Doch nun begann ich, an allem zu zweifeln.

»… sechsundzwanzig … siebenundzwanzig …«

»Hi, Schwarzenegger!« Meine Schwester platzte in mein Zimmer. »Gehst du heute Abend auch auf Charlie Hornbecks Party?«

»Nein«, sagte ich ohne aufzublicken.

»Ach, komm schon. Da geht heute Abend wirklich jeder hin. Du wirst bestimmt Spaß haben!«

»Ich habe doch schon gesagt, dass ich nicht hingehe. Und jetzt raus hier! Siehst du nicht, dass ich beschäftigt bin?« Claire war es völlig egal, ob ich mich heute Abend amüsieren würde oder nicht. Aber sie wusste ganz genau, dass Dad sie nur zu der Party gehen lassen würde, wenn auch ich hingehe. Normalerweise hatte ich nichts dagegen, Claire auf Partys mitzunehmen, zu denen wir auch gingen. Auf diese Weise konnte ich die anderen Typen im Auge behalten und notfalls eingreifen, falls sie auf dumme Gedanken kämen. Claire ist nämlich richtig hübsch, aber erst in der siebten Klasse und noch ziemlich naiv. Dieses Mal würde sie kein Glück haben. Es kam mir überhaupt nicht in den Sinn, mit meiner kleinen Schwester im Schlepptau auf einer Party aufzutauchen, nachdem mich meine Freundin gerade sitzen gelassen hatte.

»Was ist denn dein Problem?« Mit verschränkten Armen und sorgenvoll gerunzelter Stirn stand Claire vor mir. »Jetzt mal ehrlich, Sean. Seit zwei Wochen lungerst du nur noch herum wie ein streunender Hund. Wenn du meine Meinung hören möchtest: Entweder du versauerst gleich hier drin oder aber du reißt dich endlich zusammen!«

»Wer hat dich denn nach deiner Meinung gefragt? Raus mit dir und nerv jemand anderen.«

Claire setzte sich auf mein Bett. »Die Sache mit Jo tut mir wirklich Leid, aber so, wie du dich im Augenblick verhältst, strafst du nur dich selbst.«

»Jetzt mach mal halblang, Claire! Wofür hältst du das Ganze eigentlich? Für einen Film? *Schlaflos in Saddle Pass?* Ich habe dich nicht um Rat gefragt! Aber ich bin jetzt mal so nett und gebe *dir* einen Rat: Verschwinde endlich aus meinem Blickfeld!«

»Aber wenn du heute Abend mit deinen Freunden ausgehen würdest ...«

»Raus hier, sonst ...!«

»Ich meine, wovor hast du denn eigentlich Angst?«

»Raus!!!«, brüllte ich.

»Okay, okay, ich geh ja schon!« Claire verdrehte die Augen und ging aus meinem Zimmer. Sie wollte gerade die Tür hinter sich zuziehen, als sie ein letztes Mal ihren Kopf durch den Türspalt steckte und sagte: »Also ehrlich, ich kann es einfach nicht glauben, dass du durchdrehst, nur weil Jo Beth mit dir Schluss gemacht hat!«

Wahrscheinlich ist etwas Wahres an dem, was man über die Unerschrockenheit rothaariger Menschen sagt. Die meisten Leute überlegen es sich nämlich zweimal, jemanden zu verärgern, der gerade Hanteln stemmt.

Claire hatte mit dem, was sie über mich und mein Verhalten sagte, nur teilweise Recht. Natürlich hat es mich hart getroffen, dass Jo mit mir Schluss gemacht hat. Dabei war ich mir gar nicht mal sicher, ob ich jemals so richtig in sie verliebt gewesen war. Es ist eigentlich nie vorgekommen, dass ich im Hintergrund plötzlich Geigen hörte, wenn ich sie ansah. Ich habe nie ein Gedicht für sie geschrieben, nie ihren Namen in den Stamm einer Eiche geritzt oder mir überlegt, wie wir wohl unsere Kinder nennen würden.

Aber nachdem wir drei Jahre lang miteinander gegangen waren, war sie ein Teil meines Lebens geworden. Ich war es einfach gewöhnt, dass sie immer da war.

Um ehrlich zu sein: Ich war sauer, dass *sie* es gewesen war, die Schluss gemacht hatte, und nicht *ich*. Nicht, dass ich vorgehabt hätte, unsere Beziehung zu beenden. Aber ich bin immer davon ausgegangen, dass ich derjenige sein würde, der die Sache beenden würde – sollte es zwischen uns nicht mehr laufen.

Als ich gerade wieder anfing, mich meinen Hanteln zu widmen, und darüber nachdachte, wie ich es Jo Beth heimzahlen könnte (es musste doch einen Weg geben, dass sie mich dabei ertappte, wie ich gerade Kathy Ireland küsste), ging die Tür auf und mein bester Kumpel Devin Schaub kam ins Zimmer. Er sah richtig elend aus. Total daneben.

»Hi, Dev! Was geht? Was treibt dich hierher?«

»Och, ... weißt du ... Tasha und ich, wir sind seit heute nicht mehr zusammen«, sagte er sachlich.

»Das gibt's doch gar nicht! Was ist denn passiert?« Tasha war seit dem Ferienende mit Devin zusammen – sie ist wirklich süß.

»Ach, – du weißt schon.« Devin stand wirklich etwas neben sich. Er fing an, in meinem Zimmer herumzustöbern, als wäre er in einem Andenkenladen: Immer wieder nahm er Sachen aus dem Regal und betrachtete sie aufmerksam.

»Komm schon, erzähl doch! Hast du mit ihr Schluss gemacht oder sie mit dir?«

»Schwer zu sagen.« Er kratzte sich am Kopf. Aus irgendeinem Grund wollte er mir nicht in die Augen schauen.

»Komm schon, Dev! Was ist passiert?«

»Na, du weißt schon.«

»Warum sagst du dauernd: ›Du weißt schon‹? Ich weiß überhaupt nichts!« Langsam fing ich an, wütend zu werden. Hielt er mich etwa für einen Experten, wenn es um kaputte Beziehungen ging?

Devin stieß einen tiefen, lang gezogenen Seufzer aus und setzte sich auf mein Bett. »Ich ... ich habe Tasha dabei erwischt, wie sie in ihrem Wohnzimmer mit Brad Culpepper rumgemacht hat«, sagte er und starrte auf den Boden. »Man kann es also formulieren, wie man will. Sie hat mich wegen einem anderen Typ verlassen, oder ich habe mit ihr Schluss gemacht, weil sie mit einem anderen herumgemacht hat.«

»Was hat sie getan? Mit wem? Mann, was für eine falsche Schlange! Und dann auch noch mit Culpepper! Hast du es ihn wenigstens spüren lassen? Ihn ordentlich zusammengeschlagen?«

»Äh ... nein. Nicht wirklich.«

»Aber du hast ihnen hoffentlich ordentlich die Meinung gesagt?«

»Oh ja. Ja.«

»Gut, sehr gut! Der Typ nimmt sich zukünftig bestimmt vor dir in Acht. Wahrscheinlich rechnet er jeden Augenblick damit, dass du ihm ein paar verpasst. So ein Idiot!«

»Ja«, sagte Devin teilnahmslos. Er blickte sich noch immer in meinem Zimmer um, als habe er vor, es zu kaufen. Der Arme sah richtig mitgenommen aus. Ich war mir nicht sicher, was Devin von mir erwartete oder was ich sagen sollte. Es mit einem »Ganz schön böse Sache!« zu kommentieren, erschien mir nicht ganz ausreichend.

»Culpepper ist eine ekelhafte Schlange«, sagte ich zu ihm. »Ich wette, Tasha wird bald alles bitter bereuen und zu dir zurückkommen.«

Dev antwortete nicht. Ich konnte nicht glauben, wie ruhig und gelassen er war. Als Jo mich abserviert hatte, war meine erste Handlung gewesen, diesem dämlichen Pappmaschee-Pferd den Kopf wegzuhauen. Dann habe ich den Schlagsack im Trainingsraum bearbeitet, bis mir beinahe die Arme abfielen. Aber Devin war vollkommen ruhig und starrte wie hypnotisiert auf das Jerry-Rice-Poster an meiner Wand.

Ein paar Minuten saßen wir schweigend da. Devin betrachtete das Poster, als würde der gute alte Jerry jeden Moment aus dem Bild heraustreten, ihm auf die Schulter klopfen und sagen: »Kopf hoch, Junge. Das wird schon wieder!« Und *ich* war derjenige, der langsam durchzudrehen begann.

Je mehr ich darüber nachdachte, desto klarer wurde mir, dass Mädchen undankbare und ungerechte Wesen waren. Nehmen wir doch nur mal mich: Ich war ein toller Freund gewesen. Ich habe jedes Mal an ihren Geburtstag und an unseren Jahrestag gedacht, habe ihr Blumen geschickt und den DJ in der Disko hin und wieder darum gebeten, ihren Lieblingssong zu spielen. Und wofür das alles? Auch Devin ist der totale Kavalier. Er hält den Mädchen immer die Tür auf. Unsere Lehrerinnen redet er mit »gnädige Frau« an. Er ist der Inbegriff eines verständnisvollen Jungen, eigentlich genau so, wie die Mädchen es sich immer wünschen. Nun ja, alle außer Tasha, nehme ich an.

»Dieser ganze Beziehungsquatsch ist ein einziger Krampf!«, rief ich nach einer Weile aus. »Ich meine, was ist denn überhaupt so Besonderes an den Frauen? Wir machen immer genau das, was sie von uns erwarten, aber sie sind nie zufrieden. Die sind es doch, die die Sache nicht geregelt kriegen. Ich sage dir, Schaub, ohne Frauen sind wir besser dran!«

Devin brachte als Antwort nur ein kurzes Nicken zu Stande, aber ich wusste, dass ich langsam zu ihm durchdrang. Er presste seinen Kiefer zusammen, bis seine Wangen zu zittern begannen. Plötzlich wurde mir der eigentliche Grund seines Besuchs bewusst. Er war gekommen, weil er Antworten von mir erwartete – wie immer, wenn es um Mädchen ging.

Als ich Devin kennen lernte, waren wir beide gerade in die achte Klasse gekommen. Eigentlich hatte ich ihn ganz schnell als einen verweichlichten Schönling abgestempelt. Bei ihm schien alles so ... perfekt zu sein. Sein Dad trainiert die Jugendliga am Ort, seine Mutter spielt die Orgel in unserer Kirche, und sein jüngerer Bruder, Damon, hat es geschafft, zwei Jahre hintereinander Rechtschreib-König im staatlichen Schülerwettbewerb zu sein. Gemeinsam bewohnen sie ein sauberes, ordentliches marineblaues Haus, das von einem Palisadenzaun umsäumt ist. Stell sich mal einer vor – ein echter Palisadenzaun!

Wir lernten uns kennen, weil wir uns beide in der High School für den Leichtathletik-Kurs gemeldet hatten. Der

Typ konnte laufen – unglaublich! Unser Trainer war ein ziemlicher Feldwebel, der uns ständig anbrüllte und uns als Weicheier bezeichnete, wenn uns nur ein einziger Schweißtropfen runterlief. All die anderen Jungs stöhnten und jammerten und drohten damit, aufzuhören – nur Devin nicht. Nach einer Weile fingen wir an, die Nachmittage gemeinsam zu verbringen. Inzwischen ist er einer meiner besten Freunde.

Devin ist viel zäher, als er aussieht, und ich habe es mir über die vergangenen Jahre hinweg zum persönlichen Ziel gemacht, ihm zu zeigen, wie man so richtig cool rüberkommt. Was Mädchen angeht, ist er allerdings immer noch ein ziemlicher Softie. Leichte Beute für Mädchen wie diese besenreitende Hexe Tasha!

Frauen! So langsam fing ich an zu begreifen, warum ein Mann Priester wurde oder sich der Handelsmarine verschrieb.

»Ich hab's!« Trotz dieser Wut kam mir plötzlich ein genialer Gedanke. »Ich weiß, wie ich dich aus dem Schlamassel raushole. Uns beide gemeinsam! Wir nehmen uns eine Auszeit.«

»Wie bitte?«, fragte er und ich sah, dass ein Funken Hoffnung in ihm aufkeimte. »Worüber redest du?«

»Bald sind Weihnachtsferien – wie wär's, wenn wir uns diesmal *echte* Ferien gönnen würden? Und zwar Ferien von den Mädchen!«

Jedes Jahr an Weihnachten geht meine Familie nach Vail zum Skilaufen. Das ist eigentlich immer absolute Spitze! Man steht oben auf dem Berg und sieht auf die Wolken *hinunter*. Es wirbeln Schneeflocken herum, so groß wie Konfetti. Und dann fährt man in einem Affentempo im Zickzack mit den Ski die Pisten hinunter, das Gesicht ganz betäubt von Kälte und Schnee.

Dieses Jahr war Vail aber der allerletzte Ort auf diesem Planeten, an dem ich mich aufhalten wollte, weil nämlich, wie jedes Jahr, auch Jo Beth mit ihrer Familie die Weihnachtsferien dort verbrachte. Der Gedanke, mit nur einem funktionstüchtigen Bein in einem Skiort herumzusitzen, wo sich auch meine Ex-Freundin tummeln würde, war ein echter Albtraum! Daher musste mein Plan einfach klappen!

Ich beschloss, meinen Eltern diesen Plan beim Abendessen zu unterbreiten. Ich saß geduldig am Tisch und stocherte in meinem Auflauf herum. Bestimmt würde mein Dad bald auf unseren Urlaub zu sprechen kommen.

»Dieses Jahr werde ich mich aufs Snowboard stellen!«

»Dad! Bitte nicht!« Claire schrie entsetzt auf. »Erinnerst du dich noch an letztes Jahr? Damals hat dich die Pistenwacht gebeten, nicht mehr die Buckelpiste hinunterzufahren, weil dauernd irgendwelche Menschen über dich gestürzt sind!«

»Nun, dieses Mal werde ich die krassesten Kurven kriegen, und wem das nicht passt, der kann mir mal den Buckel runterrutschen.«

Manchmal versuchen meine Eltern sich wie Teenager zu verhalten – sie imitieren unsere Sprache, sie hören unsere

Musik und gehen sogar mit uns auf die angesagten Musik-Festivals. Außerdem küssen sie sich andauernd in der Öffentlichkeit, als wären sie gerade frisch verliebt und nicht schon verheiratet. Manchmal ist es richtig cool, Eltern zu haben, die sich so hip geben. Aber manchmal (zum Beispiel, als sie versucht haben, mit Inlinern zu skaten) ist es auch echt peinlich. Claire meint, dass sie sich so verhalten, um an ihrer rapide entschwindenden Jugend festzuhalten. Claire denkt immer, sie wüsste alles ganz genau.

»Ich seh schon die Schlagzeilen in den Nachrichten vor mir.« Claire schüttelte den Kopf. »Zahnarzt aus Oklahoma löst größte Lawine in der Geschichte Colorados aus!«

»Vielleicht hat Claire ja Recht, Frank! Vielleicht solltest du lieber warten, bis Sean dir nächstes Jahr zeigen kann, wie's geht. Mir graut vor dem Gedanken, dass ihr beide auf Krücken herumhumpelt.«

Das war meine Chance! »Äh – Mom? Ich glaube nicht, dass ich euch dieses Jahr überhaupt nach Vail begleiten sollte.«

Meine Eltern tauschten erstaunte Blicke. »Und warum nicht?«, fragte mein Dad.

»Nun, mein Knie ist kaputt, und ich werde nur dumm herumsitzen können. Außerdem habe ich über Onkel Gary nachgedacht. Irgendwie tut es mir Leid, dass er Weihnachten immer alleine verbringen muss, seit Großmutter gestorben ist. Ich habe mir überlegt, ihn zu besuchen.«

»Du tust das also nur wegen Onkel Gary?«, hakte meine Mutter nach.

»Ja, klar. Warum nicht?«

»Na komm schon. Sag doch, was Sache ist!« Claires Stimme durchdrang schneidend den ganzen Raum. »Wir wissen alle ganz genau, warum du nicht nach Vail mitwillst. Du versuchst nur, jemandem aus dem Weg zu ...«

»... und ich habe mir auch überlegt, dass wir mein Ticket, das wir ja nicht erstattet bekommen, an Claires Freundin weitergeben können«, schnitt ich ihr das Wort ab.

»Gute Idee!«, sagte Claire. Sie wechselte ihre Tonlage schneller als ein DJ die Scheiben. »Lisa wollte schon immer mal mit uns mitkommen.«

»Ich bin sicher, Gary muss die ganze Zeit über im Hotel arbeiten. Mir gefällt der Gedanke ganz und gar nicht, dass du die ganzen Weihnachtsferien alleine herumsitzen wirst.« Mom beugte sich zu mir und streichelte mir über den Arm.

»Daran habe ich auch schon gedacht, Mom. Devin würde mich begleiten. Er – nun ja – er muss wohl eine Weile mal etwas anderes sehen. Die Schule schafft ihn ziemlich. Und er wollte schon immer mal nach Kalifornien!«

»Ich verstehe. Jungs auf Pirsch nach süßen kalifornischen Mädels!« Meine Mutter zwinkerte mir verschwörerisch zu. Man könnte glauben, sie würde noch immer Teenie-Zeitschriften abonnieren.

»Also, was meint ihr? Kann ich zu Onkel Gary?«

Ungefähr zwei Minuten lang blickten meine Eltern sich schweigend an. Manchmal frage ich mich wirklich, ob sie wohl telepathisch veranlagt sind. Dann, als sie ihre mentale Verbindung endlich abbrachen, sagte mein Dad: »Tja, wirklich schade, dass du mein großartiges Debüt auf dem

Snowboard verpassen wirst! Aber ruf doch gleich mal nach dem Abendessen bei Gary an und finde raus, ob er nicht schon andere Pläne für Weihnachten hat.«

Onkel Gary ist absolut cool. Er lebt in Kalifornien und arbeitet für eine große Hotelkette. Sein Leben ist wie aus dem Bilderbuch: Er besitzt eine nette Eigentumswohnung in Newport Beach, fährt ein Cabriolet und hat weder Frau noch Freundin, die ihm sagt, was er zu tun oder zu lassen hat. Als ich zehn war, hat er mir gezeigt, wie man am weitesten spucken kann. Zu Weihnachten macht er die coolsten Geschenke. Er ist der Einzige aus der ganzen Verwandtschaft, der mir niemals geraten hat, mit dem Football aufzuhören und stattdessen Betriebswirtschaft zu studieren. Manchmal, wenn Mom und Dad ein paar Tage verreisen mussten, kam er nach Oklahoma geflogen und hat auf uns aufgepasst. Wenn er da war, durften wir so lange aufbleiben, wie wir wollten. Er hat Unmengen von Pizza für uns bestellt und mir sogar hin und wieder einen Schluck von seinem Bier abgegeben. Es war also genau das Richtige, mit ihm jetzt meine Zeit zu verbringen, um über das ganze Desaster mit meiner Freundin hinwegzukommen.

Onkel Garys Stimme klang total verändert, als er den Hörer abnahm. Irgendwie anders, ganz leise und beinahe keuchend. Fast hätte ich den Hörer wieder aufgelegt.

»Onkel Gary? Ich bin's, Sean. Was gibt's, altes Haus?«

»Oh! Sean! He, nicht viel, Kumpel.« Seine Stimme klang

wieder normal. »Schön, dass du anrufst. Ich habe eine großartige Neuigkeit für euch. Aber zuerst bist du dran. Warum rufst du mich an einem Samstagabend an? Du bist doch nicht etwa im Gefängnis, oder?«

»Nein, nichts dergleichen. Aber du könntest mir trotzdem einen Gefallen tun.«

»Jederzeit. Schieß los.«

»Ich habe mir überlegt, dass ich mit einem Freund die Weihnachtsferien bei dir verbringen möchte.«

»Kein Problem. Sehr gern sogar. Wir haben uns bestimmt eine Menge zu erzählen. Und wer ist dieser Freund? Du tauchst doch nicht etwa mit Jo Beth hier auf, um heimlich zu heiraten, oder?«

»Nein, keine Chance. Im Gegenteil, sie ist eigentlich der Grund, warum ich gerne zu dir kommen möchte.« Ich senkte meine Stimme und schloss die Tür zu meinem Zimmer. »Jo und ich sind nicht mehr zusammen. Sie hat mich einfach sitzen lassen. Echt, das war ganz schön mies. Und da habe ich mir überlegt, dass mir ein Männerurlaub ziemlich gut tun würde. Du weißt schon: Zutritt für Frauen verboten!«

»Äh … ja. Ja. Und deine Eltern sind damit einverstanden?«

»Aber klar doch. Ich glaube, dass Mom, Dad und Claire sogar ganz froh sind, mich eine Weile loszuwerden. Ich war die letzten Wochen ein ziemliches Nervenbündel.«

»Ich verstehe.« Ein paar Sekunden lang herrschte Schweigen. Dann räusperte er sich und sagte: »Also, wie ich schon immer gesagt habe: Mein Haus ist dein Haus!

Und das deines Freundes. Du kommst hierher, und wir werden dein Selbstbewusstsein im Handumdrehen wieder aufpäppeln. Mehr sogar. Wir werden dich unverletzlich machen. Wie wär's damit?«

»Danke, Gary. Ich wusste, dass ich mich auf dich verlassen kann. Ich ruf dich noch mal an, wenn ich Genaueres weiß. Ach ja – was ist denn die große Neuigkeit, die du uns mitteilen wolltest?«

»Neuigkeit? Ach so, ja. Äh … ich bin befördert worden. Sag deiner Mom, dass über kurz oder lang alle Hilton Hotels in ›Gary's Place‹ umbenannt werden!«

»Schön wär's!«, erwiderte ich. »Nun, dann rufe ich am besten gleich mal die Fluggesellschaft an. Nochmals vielen Dank, Onkel Gary, für … dafür, dass du mir helfen willst!«

»Klar, Kumpel, kein Problem!«

Nachdem ich den Hörer auf die Gabel gelegt hatte, rief ich Devin an, um ihm die tolle Neuigkeit mitzuteilen. Er war total begeistert. Aber der schwierigste Teil stand uns noch bevor: Wir mussten seine Eltern überreden, dass er mitkommen durfte. Sie gehören zu der Sorte Menschen, die Feiertage als unantastbare Zeit für die Familie betrachten: Zeit für große Familientreffen, Unmengen von Essen, Tante Bertha, die dich umarmt, bis die Rippen krachen … Und das soll dann Erholung sein?

Aber Devin meinte, wir sollten uns darüber keine Sorgen machen. Ihm würde schon etwas einfallen. Seine Eltern *mussten* einfach Ja zu der Kalifornienreise sagen.

Ich war überzeugt davon, dass meine Eltern es mir niemals erlauben würden, mit Sean nach Kalifornien zu fliegen.

Sie gehören zu der Sorte Eltern, die ein striktes Ausgehverbot für ein geeignetes Erziehungsmittel halten. Außerdem legen sie Wert darauf, dass die Hausaufgaben vor dem Abendessen gemacht sind, dass man sich immer schön für alles bedankt, und dass Magermilch gut für einen ist. Zu ihrer Vorstellung von einer Party gehören Punsch, Kekse und eine Partie Scrabble. Alle Feiertage verlaufen nach dem gleichen Schema, das von einer Generation an die nächste weitergegeben wird. Überflüssig zu erwähnen, dass ich mit einer Standpauke über meinen fehlenden Familiensinn rechnete, als ich Seans Einladung nach Kalifornien ansprach.

Umso überraschter war ich, als meine Mom sich mir zuwandte, sich die Augen mit einem Taschentuch abtupfte und sagte: »Nun, mein Junge, du bist achtzehn Jahre alt. Ich glaube, dass du langsam erwachsen genug bist, deine eigenen Entscheidungen zu treffen.«

Da saß ich nun also und befestigte meinen Klapptisch an der Rückenlehne meines Vordermanns. Wir befanden uns im Landeanflug. Unter uns leuchteten die Lichter von Los Angeles heller als die Sterne am Himmel.

Sean verschränkte die Arme hinter seinem Kopf und blickte glücklich auf die Skyline der Stadt hinunter. »Da sind wir also«, sagte er und seufzte zufrieden. »Mensch, ich fühle mich, als hätte ich soeben mit einem Touchdown sechs Punkte für unser Team gewonnen!«

»Ja, und die Motoren dieses Flugzeuges hören sich an wie die Band während der Football-Spiele!«, fügte ich trocken hinzu.

Eine langbeinige Flugbegleiterin lief durch den Gang und checkte ein letztes Mal die Reihen, bevor die Maschine zur Landung ansetzte.

»Schau sie dir genau an!«, flüsterte Sean, als sie uns zunickte. »Sie könnte für geraume Zeit das letzte weibliche Wesen sein, das dir über den Weg läuft!« Es klang beinahe vergnügt.

Einige Minuten später begann die Maschine mit ihrem lauten Landeanflug. Ich hatte ein seltsames Gefühl im Bauch. Irgendwie wurde ich das Gefühl nicht los, dass ich einen großen Fehler machte.

Nachdem ich Sean gesagt hatte, dass meine Eltern mir die Erlaubnis gegeben hatten mitzukommen, hatte er über nichts anderes mehr geredet als über seinen doofen »Ferien-ohne-Frauen«-Plan. Ich hatte ihm zugestimmt – in der Überzeugung, dass das alles nur Gelaber war und er schon wieder davon aufhören würde. Aber Sean versteifte sich richtig auf diese Idee. Nach einer Weile fing er sogar an, das ganze als »unseren Pakt« zu bezeichnen – so, als hätten wir alles auf Papier festgehalten und notariell beglaubigen lassen.

Wir hatten wohl unterschiedliche Vorstellungen, was diese Reise betraf. Während ich das Ganze als Chance betrachtete, mal etwas Neues zu sehen, Leute kennen zu lernen und mich zu amüsieren, betrachtete Sean die Reise als Gelegenheit, seiner Vergangenheit zu entfliehen, ungefähr die Hälfte der hiesigen Bevölkerung zu ignorieren und sein demoliertes Ego wieder aufzubauen. Trotzdem tat ich so, als sei ich von dem Pakt genauso begeistert wie er. Andernfalls hätte er mich ganz sicher für den größten Waschlappen aller Zeiten gehalten – und vielleicht war ich das ja auch.

Es war nämlich nicht die ganze Wahrheit, als ich Sean erzählt hatte, ich hätte Tasha angebrüllt. Tatsache ist, dass ich in ihr Wohnzimmer kam und wie versteinert stehen geblieben war, als ich die beiden zusammen sah. Die Musik war so laut und die beiden waren so vertieft in das, was sie gerade taten, dass sie mich zunächst gar nicht bemerkten. Ich weiß überhaupt nicht, wie lange ich dort völlig belämmert mit offenem Mund dagestanden habe. Als Tasha dann endlich aufblickte und mich sah, erschrak sie sehr und stieß Culpepper an.

Da erst drehte sich auch Culpepper um und nahm mich zur Kenntnis.

»Oh ... hallo Schaub. Äh ... äh, tut mir Leid. Wir haben nur ...«

Nur was?, dachte ich. Sie hat dir dein letztes Fishermen's Friend geklaut und du hast versucht, es dir wieder zu holen? Oder wollte sie nur ausprobieren, wie lange ihr neues Lipgloss hält?

Die beiden starrten mich dümmlich an. Tasha hatte ganz rote Wangen und Brads Frisur war völlig zerzaust. Ehrlich gesagt bin ich überhaupt nicht wütend gewesen. Ich war viel zu angewidert, um wütend zu sein.

Die ganze Sache bedurfte keines weiteren Kommentars. Ich lief einfach aus dem Zimmer und zog die Tür hinter mir zu. Als ich später dann Sean von dem Ganzen erzählte, war mir bewusst geworden, dass ich eigentlich viel härter hätte reagieren müssen. Ich hätte ihr am besten sowohl ein paar deftige Schimpfwörter als auch ein paar Möbelstücke an den Kopf werfen sollen. Alles wäre besser gewesen, als einfach nur schweigend dazustehen.

Vielleicht hat Sean ja Recht. Vielleicht, dachte ich, würden zwei Wochen ohne irgendwelche Mädchen ja doch dazu beitragen, mich wieder wie ein Mann zu fühlen.

Ich nahm an, dass ich von Sean noch einiges lernen konnte. Sean ist ein Naturtalent, was Frauen betrifft. Er schafft es, genau im richtigen Moment die richtigen Dinge zu sagen, sodass die Mädchen immer fast in Ohnmacht fallen. Und ich? Ich rede mit den Mädchen wie mit jedem anderen auch – höflich und freundlich. Sean behauptet, genau das sei der Grund, warum zwar viele Mädchen mit mir befreundet seien, aber kaum eine mit mir ausginge. Er glaubt, dass ich viel zu offen und kameradschaftlich bin.

»Du musst dich viel geheimnisvoller geben, Kumpel«, sagt er mir immer wieder. »Die Mädchen mögen es, wenn man sie herausfordert.«

Sean näher kennen lernen zu wollen ist tatsächlich eine Herausforderung. Es gleicht einem Versuch, den »Mount Macho« zu besteigen. Er ist überhaupt nicht offen, nicht einmal mir gegenüber, und ich bin nun schon seit vielen Jahren mit ihm befreundet. Aber er ist auch der treueste Freund, den ich je hatte. Ein Wort von mir hätte genügt, und Sean hätte Brad Culpepper in den Dreck gestoßen, ohne weiter darüber nachzudenken. Er ist wirklich ein treuer Freund.

Als das Flugzeug langsam auf den Terminal zurollte, kam die gleiche, gut aussehende Flugbegleiterin zu uns hergelaufen und kniete sich neben Sean.

»Mir ist aufgefallen, dass sie ein bandagiertes Knie haben. Möchten Sie das Flugzeug vor allen anderen verlassen, damit sie sich nicht noch mehr verletzen? Ich könnte Ihnen dabei behilflich sein!« Sie sprach leise und ihre Stimme klang sehr sexy.

Sean zieht die Frauen an wie Licht die Mücken. Er ist groß, hat breite Schultern und ein Gesicht wie ein männliches Model. Im Ernst: Er sieht aus wie Leonardo DiCaprio, nur mit dunklen Haaren.

»Brauchen Sie Hilfe beim Aussteigen?«, hakte die besorgte Stewardess weiter nach.

Sean setzte sich aufrecht hin, die Augen verkrampft auf den Boden gerichtet, so, als müsse er jeden Moment seinem ärgsten Todfeind gegenübertreten. »Nein, danke«, sagte er bestimmt. »Wir werden einfach warten und als Letzte aussteigen. Ich brauche keine Hilfe.«

»In Ordnung«, sagte die Stewardess. Sie klang überrascht und fast schon ein bisschen eingeschnappt. »Ich wünsche Ihnen einen angenehmen Aufenthalt in Los Angeles.« Dann lief sie eilig davon.

Anscheinend hatten die »Ferien-ohne-Frauen« schon begonnen.

»Haalloo! Sean!« Irgendjemand rief nach ihm, als wir aus dem Gate kamen. Vermutlich Seans Onkel. Der Mann sah Sean ziemlich ähnlich, nur dass er zwanzig Jahre älter war und einen Spitzbart trug. »Mann, Junge, du siehst ja von mal zu mal mieser aus, wirst ja schon richtig hässlich! Was hat die Bandage zu bedeuten?«

»Das ist eine lange Geschichte. Und überhaupt, wen bezeichnest du eigentlich als hässlich? Glaub nur nicht, dass du dich hinter dem Pelz in deinem Gesicht verstecken kannst, Onkel Gary!«

Gary lachte herzlich und umarmte Sean, wobei er ihm derart begeistert auf den Rücken klopfte, als gälte es, eine ganze Mückenarmee zu vernichten. Als er sich schließlich mir zuwandte, drückte er meine Hand so fest, dass ich dachte, er wolle mir die Finger zerquetschen.

»Du bist bestimmt Devin. Nett, dich kennen zu lernen«, sagte er.

»Gleichfalls. Und vielen Dank, dass wir bei Ihnen wohnen dürfen, Sir.«

»Noch hat die Königin von England mich nicht geadelt. Sag einfach Gary zu mir. Oder Onkel Scary, wie Claire mich immer nennt. Überhaupt, wie geht es Claire?« Er drehte sich wieder zu Sean um und zu dritt machten wir uns auf den Weg zur Gepäckausgabe.

»Sie ist schrecklich verwöhnt. Aber sie schickt dir liebe Grüße. Und meine Eltern ebenfalls. Ich werde dir noch alles Wissenswerte von ihnen berichten, aber damit ist das Thema Frauen dann auch abgehakt. Und zwar Frauen ganz generell! Eingeschlossen Mom und Claire. Wenn unser Plan funktionieren soll, dann dürfen wir nicht die geringste Ausnahme machen.«

»Verstanden!«, sagte Gary. »Ab sofort werde ich das ... nun ja ... das schwache Geschlecht nicht mehr erwähnen!«

Es kam mir wie eine Ewigkeit vor, bis wir durch das Gebäude gelaufen und endlich an der Gepäckausgabe angekommen waren. Als wir vor dem Rollband, über dem unsere Flugnummer stand, angekommen waren, tauchte wie aus dem Nichts ein unfreundlich aussehender Typ auf und stellte sich neben uns.

Sean und ich waren schon öfter ziemlich schrägen Typen begegnet. Auch in unserer High School gibt es ein paar Skater, die in Baggy-Pants herumlaufen und zottelige Frisuren haben. Vonda Gilstrap zum Beispiel, unsere ortsbekannte Umweltschützerin, hat sich für den Tag der Umwelt ihre Haare schon einmal ganz grün gefärbt. Ein anderer trägt jeden Tag nur schwarze Klamotten und sagt den Leuten, sie sollen ihn ›Mordred‹ nennen.

Aber dieser Typ hier sah tatsächlich Furcht erregend aus. Einer von der Sorte »Am-besten-du-fängst-gleich-an-zu-beten«-Typen. Sogar Sean, der eigentlich vor niemandem Angst hat, fühlte sich nicht wohl in seiner Haut. Der Typ trug einen langen, schwarzen Pferdeschwanz, der total fettig aussah, dunkles Make-up um die Augen, und seine nackten Arme waren mit Tattoos übersät. Überall, wo nackte Haut zu sehen war, hatte er sich zudem Metall hineinbohren lassen: Ohren, Nase, Mund, Augenbrauen und Wangen waren gepierct. Es tat schon beim Hinschauen weh. Als er sich nach vorn beugte, um nach einem schwarzen Lederrucksack zu greifen, ging seine Jacke auf und ich konnte sehen, dass er in jeder Brustwarze einen großen Ring trug. Am besten hätte man ihn erst einmal gründlich desinfiziert. Keine Ahnung, wie es ihm gelungen war, unbehelligt die Metalldetektoren zu durchlaufen.

»Hm … sieht ganz danach aus, als seien die neuesten Modetrends noch nicht bis ins hinterwäldlerische Oklahoma vorgedrungen?«, flüsterte Gary und nickte in die Richtung des völlig durchlöcherten Typs.

»Nicht wirklich«, musste ich zugeben.

»Willkommen in Kalifornien, der Heimat vieler Stars, Sternchen und anderer außerirdischer Gestalten!«

Nachdem Sean und ich unsere Koffer hatten, folgten wir Gary in die Tiefgarage.

»He, was ist denn mit deiner Corvette passiert?«, wollte Sean wissen, als Gary den Kofferraum eines golden schimmernden Landcruisers aufschloss.

»Verkauft«, erklärte Gary. »Ich war es Leid, niemanden mitnehmen zu können oder nie irgendetwas einladen zu können. Außerdem werden Sport-Kabrioletts entweder von jungen, reichen Teenagern oder aber von Männern, die gerade in ihrer Midlife-Krise stecken, gefahren. Als Ersterer gehe ich nicht mehr durch, und ich hatte nicht länger Lust, in die zweite Kategorie gesteckt zu werden.«

Ich sprach nicht viel auf dem Weg zu Garys Wohnung. Während Sean und er von alten Zeiten schwärmten, betrachtete ich im Vorbeifahren die Landschaft. Ich konnte nicht viel erkennen, weil es schon dunkel war, aber ein paar Palmen und die schimmernde Küstenlinie in der Ferne konnte ich trotzdem ausmachen. Es sah toll aus – ein typisches Postkartenbild! Aber sobald ich einen leuchtenden Weihnachtsmann oder einen strahlenden Weihnachtsbaum hinter einem Fenster entdeckte, kroch das Heimweh in mir hoch.

Vor einem Apartment-Gebäude, das direkt am Meer lag und den Namen *The Palo Duro* trug, hielt Gary an. Das Gebäude sah ziemlich großspurig aus. Wir konnten das Rauschen des Meeres und das Kreischen der Möwen hören, und eine salzige Brise wehte vom Meer zu uns herüber.

Ich fing gerade an, unserem Aufenthalt freudig entgegenzublicken, als Gary die Tür aufschloss und uns nach drinnen führte. Schlagartig änderte sich meine Stimmung. Ich weiß nicht, was ich erwartet hatte – vielleicht ein falsches Tigerfell, das über einem gigantischen Wasserbett ausgebreitet lag, oder ein gerahmtes Poster, das einen Ferrari zeigte, oder ein paar strategisch geschickt platzierte Spiegel – eben eine typische Junggesellenbude. Aber hier war alles ziemlich nüchtern.

Es gab eine Küche, in der zwei Barstühle an einem Tresen standen, einen kleinen Servierwagen, auf dem Papierkram aufgetürmt war, eine Ledercouch, einen abgewetzten Liegesessel, einen kleinen Kaffeetisch und einen Fernseher. Sonst nichts. Im Ernst: sonst nichts. Der Wohnwagen meiner Eltern war richtig gemütlich dagegen. Hier hing nicht einmal ein Bild an den Wänden. Und Weihnachtsdekoration gab es schon gar nicht.

»Macht es euch ruhig schon einmal gemütlich hier, ich gehe schnell noch nach unten und hole Sean's Tasche«, sagte Gary und lief nach draußen.

Gemütlich? Ich musste mich schon sehr wundern. Hier drinnen?

»Mensch, ich bin ziemlich ausgetrocknet«, verkündete Sean und ließ sich auf der Couch nieder. »Möchtest du etwas trinken, Dev?«

»Ja. Ich hole uns was.«

Als ich auf der Suche nach Gläsern verschiedene Schränke öffnete, stieß ich auf jede Menge Dosen: Ravioli, Tunfisch, Cocktailwürstchen. Abgesehen von ein paar Limonade- und Bierdosen war der Kühlschrank leer. Nicht einmal etwas Richtiges zu essen gab es. Ich stellte mir vor, wie wir am Heiligen Abend am Tresen in der Küche sitzen und Chili aus der Dose, ein Nudelgericht und zum Nachtisch ein paar Kekse essen würden. Plötzlich hatte ich Sehnsucht nach zu Hause. Warum nur hatte ich mich auf all das hier eingelassen?

»Danke«, sagte Sean, als ich ihm eine Cola reichte. »Ist doch super hier. Genau wie ich es dir gesagt habe!«

»Ja«, antwortete ich und versuchte, Begeisterung vorzutäuschen. »Ziemlich cool hier.«

In dem Moment kam Gary zurück. Er trug den Koffer und ein paar Decken.

»Das wär's dann also«, sagte er und legte die Decken

auf der Couch ab. »Ich habe mir diese Decken von Alex, die gegenüber wohnt, ausgeliehen. Ich hab nicht genug Bettzeug. Einer von euch kann in dem Bett im Büro schlafen, der andere nimmt die Couch. Ich würde euch ja mein Zimmer zur Verfügung stellen, aber ich schlafe dort ja auch nur auf dem Boden.«

Was war nur los mit dem Typen? War der etwa ein Mönch?

»Alles kein Problem«, sagte Sean. »Uns ist egal, wo wir schlafen, nicht wahr, Dev?«

»Klar. Vollkommen egal.«

»Prima. Habt ihr Hunger? Ich könnte uns schnell eine Dose Ravio…«

»Nein. Vielen Dank«, unterbrach ich. »Wenn es dir nichts ausmacht, dann ziehe ich mich jetzt gleich zurück. Ich bin auf einmal schrecklich müde.«

»Auf gar keinen Fall, Kumpel! Heute ist unser erster Ferienabend! Komm, lass uns losziehen und das Nachtleben genießen!«

»Ich hätte schon Lust, aber ich habe Kopfschmerzen und ich dachte … nun ja, ich ruhe mich am besten aus, damit ich morgen wieder für alle Schandtaten zu haben bin.«

Meine Erklärung schien Sean zu besänftigen, und wir einigten uns darauf, dass er auf der Couch schlafen würde, damit er später noch fernsehen konnte. Ich würde mich im Büro aufs Ohr legen.

Das so genannte Büro war ein winziger Raum am Ende des Flurs, das genauso minimalistisch möbliert war wie die übrige Wohnung. Darin standen ein Heimtrainer, ein

Regal, das mit Büchern von Tom Clancy voll gestopft war, und eine Futoncouch. Letztere war bereits ausgezogen; zwei dünne Laken und eine Wolldecke lagen darauf.

Der Mann ist Mitte dreißig und seine Wohnung wirkt wie eine Studentenbude, dachte ich bedrückt. Wenn so ein frauenloses Leben aussehen soll, dann kommt das für mich schon mal nicht in Frage!

Am anderen Morgen stand ich früh auf und beschloss, erst einmal joggen zu gehen. Ich wollte mich nicht länger selbst bedauern und nahm mir vor, eine Runde am Strand zu joggen, was mir sicher gut tun würde!

Sean schnarchte auf der Couch. Eine halb leere Dose Ravioli stand auf dem kleinen Kaffeetisch und eine aufgeschlagene Sport-Illustrierte lag über Seans Brust. Ich hatte gehört, wie Gary bereits vor einiger Zeit aufgestanden war und die Wohnung verlassen hatte. Er hatte einen weiten Weg zu seinem Arbeitsplatz in der Innenstadt von Los Angeles.

So leise ich konnte, zog ich mir meine Joggingklamotten über und schlüpfte zur Tür hinaus. Ich war froh, eine gute, wetterfeste Jacke eingepackt zu haben. Es war zwar nicht kalt, aber eine leichte Brise wehte vom Meer herüber, und feuchter Nebel hing in der Luft.

Ich joggte den geteerten Weg entlang, der parallel zum Küstenstreifen verlief, und sah mich ein bisschen um. Alles war ruhig und friedlich. Nur wenige Leute waren unterwegs, und außer dem Geräusch meiner Schritte hörte ich nur das Rauschen der Brandung. Auf der anderen Seite des Bürgersteiges – rechts von mir – standen zahlreiche, hohe

Apartment-Gebäude wie Streichhölzer dicht aneinander gereiht, daneben eine Reihe von pastellfarbenen kleinen Häuschen, von denen jedes einzelne eine geräumige Veranda hatte. Sofagarnituren, Hängematten und Schaukeln standen darauf und die Windschutzmauern waren liebevoll mit Ornamenten aus Muscheln verziert.

Nach einer Weile erreichte ich einen mit kleinen Boutiquen umsäumten hölzernen Pier. Ich hielt an und machte ein paar Dehnübungen, dann beschloss ich, mir etwas zu trinken zu organisieren. Die meisten Geschäfte waren noch geschlossen, also schlenderte ich ziellos umher und betrachtete die Auslagen der Boutiquen – Strandkleidung, Surfbretter, Andenken, Zigaretten, kunsthandwerkliche Gegenstände. Ich kam an ein paar Cafés vorbei, die ziemlich abgedreht aussahen, aber auch die waren noch geschlossen. Schließlich fand ich einen kleinen Coffee-Shop, der schon beleuchtet war. Auf dem Schild über der Tür stand: *Blinkers – Seit 1985 dem Planet Erde zu Diensten!*

Das Café war noch leer, nur hinter der Theke stand schon jemand. Der Typ trug eine Schirmmütze und eine Jacke mit dem Emblem der *San Francisco 49er*-Spieler. Er hatte mir den Rücken zugewandt und war gerade damit beschäftigt, die Zuckerstreuer aufzufüllen.

»Ähm ... Entschuldigung«, sagte ich, aber ich bekam keine Antwort. »Sir?« Immer noch keine Antwort. Ich räusperte mich und sagte: »Entschuldigen Sie bitte! Haben Sie schon geöffnet?« Der Typ ignorierte mich noch immer.

»Ha-a-lloo!« So langsam klang meine Stimme etwas genervt.

Endlich sah mich der Typ in einem der Spiegel. Er stieß einen kurzen, überraschten Schrei aus, dann drehte er sich um und blickte mir ins Gesicht.

Ein Paar wunderschöne – und sehr weibliche – grüne Augen starrten mich überrascht an. Unsere Blicke trafen sich. »Oh, tut mir Leid!«, sagte sie und nahm den Kopfhörer von den Ohren. »Ich hatte nicht damit gerechnet, dass irgendjemand so früh hier auftauchen würde – erst recht nicht an einem Sonntag. Ich bin selbst gerade eben erst angekommen und habe noch gar nicht alles vorbereitet.«

Das Mädchen zog ihre Jacke aus und nahm die Kappe vom Kopf. Eine wahre Pracht von kastanienbraunen Locken kam zum Vorschein. Das Mädchen ging hinter den Tresen und drückte auf ein paar Knöpfen herum. Plötzlich drang leise Jazzmusik durch den Raum.

»Willkommen im *Blinkers*«, sagte sie und stand wieder vor mir. »Kann ich Ihnen irgendwie helfen?«

Ich muss ziemlich bescheuert ausgesehen haben. Eine Sekunde lang hatte ich völlig vergessen, weshalb ich eigentlich hierher gekommen war.

»Junge, du siehst tatsächlich so aus, als ob dir etwas Koffein gut tun würde!« Sie grinste. »Kann ich dir etwas Kaffee bringen?«

Wie gebannt starrte ich sie an. Sie war wunderschön: Ihre grünen Augen blitzten unter herrlich gebogenen Wimpern hervor, ihr braunes Haar glänzte, und ihre Haut schimmerte wie Elfenbein. Außerdem hatte sie ein unglaubliches Lächeln, das ihre Wangen weich und rosig aussehen ließ und ihr zartes Kinn betonte.

Nur mühsam fand ich meine Sprache wieder. »Ich möchte bitte einen Orangensaft.«

»Ich möchte bitte einen Orangensaft«, ahmte sie mich nach und imitierte meinen Akzent, während sie eine kleine Plastikflasche aus dem Kühlschrank holte. »Wo kommst du denn her?«

Ich hielt einen Moment lang inne und überlegte mir, ob sie mich gerade auf die Schippe nahm. Ich konnte es wirklich nicht sagen. »Oklahoma!«, antwortete ich schließlich.

»Oh. Und was bringt dich nach Newport Beach?«

»Mein Freund und ich sind über die Weihnachtsferien bei seinem Onkel zu Besuch.«

»Ah, du gehst also noch zur Schule«, stellte sie fest und musterte meine Jacke, auf der das Emblem der *Saddle Pass Pirates* zu sehen war. »Gehst du in die Abschlussklasse?«

»Äh … ja.«

»Ich auch. Obwohl ich eigentlich gar nicht richtig Ferien habe.« Sie zeigte auf die Espresso-Maschine und die Kasse.

»Ich verstehe. Und was machen andere Leute hier so, wenn sie Ferien haben?«

»Eigentlich ist das die falsche Jahreszeit, um hier Ferien zu machen – schließlich gibt es hier nur den Strand!«

»Ist mir bereits aufgefallen.«

»Außerdem war das Wetter in der letzten Zeit ziemlich mies«, fuhr sie fort.

»Hmmm. Leben denn hier in der Nähe irgendwelche Filmstars?«

Sie schnaubte. »Du machst wohl Witze, oder. Hier wohnen nicht einmal ihre Drogenhändler!«

Ich seufzte und starrte aus dem Fenster auf das vom Wind aufgepeitschte Meer. »Irgendwo hier draußen muss es das einzigartige Erlebnis geben«, murmelte ich abwesend vor mich hin.

»Was hast du gerade gesagt? Ein einzigartiges Was?«

»Ein einzigartiges Erlebnis!«

»Was ist denn das? Eine New-Age-Philosophie?«

»Nein. Das ist ein Zitat aus dem Film *Swimming to Cambodia*. Hast du ihn gesehen?«

Ich sah, wie sie die Stirn runzelte, und schloss daraus, dass dem nicht so war. Also erklärte ich es ihr: »In jedem Urlaub gibt es ein einzigartiges Erlebnis. Selbst dann, wenn eine Reise insgesamt ziemlich mies ist, gibt es in der Regel irgendeinen ganz besonderen Moment, der alle anderen übertrifft.« Sie blickte mich verständnislos an. »Zum Beispiel«, fuhr ich fort, »war ich einmal mit meiner Familie zum Camping in Yellowstone. Als wir ganz früh am Morgen, kurz nach Sonnenaufgang, eine Bärenmutter mit ihren beiden Jungen sahen, die am See entlangliefen, war das etwas ganz Besonderes. Oder ein anderes Mal, bei einem Ausflug in einen Vergnügungspark, war es mein Cousin, der sich während einer besonders aufregenden Achterbahnfahrt in die Hosen machte und mir so ein einzigartiges Erlebnis bescherte.«

»Aha … ich verstehe. Und nun möchtest du wissen, wo du hier so etwas erleben kannst?«

»Na ja – vielleicht ist dies ja auch meine erste Reise ohne ein einzigartiges Erlebnis.« Ich nahm einen Schluck von meinem Orangensaft.

»Für diese frühe Uhrzeit bist du viel zu pessimistisch. Bist du sicher, dass du kein Koffein brauchst?«

»Nein danke. Ich muss den ganzen Weg wieder zurückjoggen. Koffein bringt nur meinen Pulsschlag durcheinander.«

»Aha«, sagte sie noch einmal. Ich fühlte mich, als wäre ich ein Forschungsobjekt. »Ich hätte wissen müssen, dass du joggst. Wo bist du denn gelaufen?«

»Einfach den Weg entlang. Und jetzt habe ich unzählige ausgespuckte Kaugummis an meinen Joggingschuhen kleben.«

»Du solltest am Strand entlangjoggen. Dort ist der Trainingseffekt viel höher!« sagte sie bestimmt.

»Wer sagt das?«

»Ich sag das. Auf diese Art und Weise bin ich nämlich hierher gekommen. Und unter meinen Schuhen war nichts als Sand.«

»Ist das nicht besonders schlecht für die Gelenke?«

»Nicht, wenn man es richtig macht und sich vor und nach dem Joggen ordentlich dehnt. Hm ... ich sag dir was.« Sie musterte mich noch einmal von oben bis unten, kratzte sich dabei am Kopf und fuhr sich mit dem Zeigefinger über ihr Kinn. »Wir könnten uns morgen früh treffen und gemeinsam joggen. Was hältst du davon?«

»Klar.« Ich versuchte, nicht allzu viel Begeisterung in meine Stimme zu legen.

»Ich werde Reiseführerin spielen und dir erzählen, was hier so abgeht. Vielleicht kann ich ja dazu beitragen, dass du doch noch etwas Tolles erlebst.«

»Klingt prima. Wo sollen wir uns treffen?«

»Ich kann den Bus nehmen und dich irgendwo treffen. Wo wohnst du denn?«

Ich schwieg einen Moment und überlegte, was ich tun sollte. Sean würde mir den Kopf abreißen, wenn er wüsste, dass ich mich mit einem Mädchen verabredete. »Äh … wie wär's, wenn wir uns am Strand direkt vor dem *Palo Duro* Apartment-Gebäude treffen? Ich würde dich ja hinaufbitten, aber mein Kumpel schläft gern lange. In Ordnung?«

»In Ordnung. Ist sieben Uhr zu früh? Ich muss rechtzeitig hier sein, um das Café um acht Uhr öffnen zu können.«

»Kein Problem. Dann bis morgen, sieben Uhr«, sagte ich und wollte nach draußen gehen.

»Warte!«, rief sie. Ich blieb stehen und drehte mich zu ihr um. »Wie heißt du eigentlich?«, fragte sie.

»Devin. Und du?«

»Holly.«

»Holly«, wiederholte ich. Ich starrte ihr nach, wie sie zum Tresen zurücklief, dann verließ ich das Café wie in Trance.

Erst als ich schon fast am Vorgarten des Apartment-Gebäudes angekommen war, fiel mir auf, dass ich den Orangensaft überhaupt nicht bezahlt hatte.

An unserem ersten Morgen bei Onkel Gary wachte ich erst sehr spät auf. Gary war längst zur Arbeit gegangen, aber er hatte etwas Geld auf der Anrichte in der Küche liegen gelassen und eine Notiz geschrieben: »Geht einkaufen – besorgt euch, was ihr braucht! Bis später!« Und Devin hatte mir einen Zettel hingelegt, dass er joggen gegangen war. Ich hatte Hunger und fühlte mich beschwingt bei dem Gedanken, dass unser erster frauenfreier Tag bevorstand. Also beschloss ich, uns zum Mittagessen meine berühmten Sean-Hamburger zuzubereiten.

Ich griff nach dem Geld auf der Anrichte und lief zu dem Supermarkt auf der gegenüberliegenden Straßenseite. Ich war eine Ewigkeit unterwegs – da gab es jede Menge exotische Lebensmittel, die ich noch nie gesehen hatte. Direkt neben dem Delikatessen-Regal stand eine Kühltruhe, voll von Fischen aller Art und Herkunft, außerdem gab's Haisteaks und Krabben und irgendetwas mit lilafarbenen Tentakeln.

Ich ging an die Fleisch-Theke und kam mir vor wie der letzte Idiot. Als ich nämlich dem Typ hinter dem Tresen sagte, dass ich gerne Frikadellen hätte, fragte er: »Was für eine Sorte?«

Ich war mir nicht sicher, was er mit der Frage meinte und sagte: »Na – die Runden.«

Er sah mich amüsiert an und verkündete besserwisserisch: »Eigentlich wollte ich wissen, was für eine Art Fleisch Sie für die Frikadellen brauchen. Tofu? Makrobiotisch? Soja? Straußenfleisch? Emu? Truthahn?«

»Äh ... Haben sie auch ganz normales Fleisch? Rindfleisch zum Beispiel?«

Er nickte ungeduldig, und dabei hüpften seine Dreadlocks auf und ab. »Möchten Sie mageres, extramageres, hormonfrei-mageres oder unbehandeltes hormonfrei-mageres Fleisch?«

Als wir letztes Jahr in einer unserer Englisch-Stunden über John Steinbecks Roman »Früchte des Zorns« gesprochen haben, hatten wir darüber diskutiert, dass Kalifornien gemeinhin als das Land gilt, in dem alles im Überfluss vorhanden ist. Aber das hier war wirklich lächerlich.

Nachdem ich etwas Fleisch gekauft hatte, humpelte ich durch den Laden und lud ein paar andere notwendige Kleinigkeiten in den Einkaufswagen: Ketschup, Senf, Worcester-Soße, Hamburger-Brötchen, Essiggurken, Kartoffelchips, Käse-Cracker, tiefgefrorene Brötchen, Limonade und Waffeln fürs Frühstück.

Ich war total begeistert von unserer Reise! Keine Mädchen, und das zwei ganze Wochen lang! Es waren gerade mal ein paar Stunden vergangen und ich fühlte mich schon ziemlich erholt. Vielleicht war das Leben eines Junggesellen ja wirklich erstrebenswert! Gary war nie wirklich häuslich geworden und er sah dabei ganz glücklich und zufrieden aus. Er war tatsächlich der ausgeglichenste Typ, der mir je über den Weg gelaufen ist. Meine Eltern und auch Devins Eltern kommen zwar noch immer prima miteinander klar, aber sie sind wohl so etwas wie die Ausnahme von der Regel. Die meisten Eltern meiner Freunde sind geschieden. Vielleicht ist dieser ganze Beziehungskrempel nur ein lächerlicher falscher Zauber, den uns die Gesellschaft auferlegt, während der Schlüssel zum wahren Glück darin liegt, ein Single zu bleiben.

Je mehr ich darüber nachdachte, desto klarer wurde mir, dass es mir wohl niemals gelingen würde, ein Mädchen zu verstehen. Jo Beth hatte immer wieder versucht, mich zu analysieren und mit mir über alle möglichen ernsten Themen zu diskutieren: über Persönliches, z. B. über meine Wünsche und Hoffnungen, über meine Sorgen, über Krankheiten, die ich schon hatte, und über das Tier, mit dem ich mich am ehesten identifizieren könnte.

Nicht, dass ich über solche Themen nie nachdenke – das tue ich schon. Aber wer möchte schon über so etwas reden, wenn er sich mit seiner Freundin verabredet? Ich meine, sie war schließlich meine Freundin, nicht meine Psychoanalytikerin.

Als ich in Garys Apartment zurückkam, räumte ich alle Einkäufe in die Schränke – bis auf die Sachen, die ich zum Kochen brauchte. Dann fing ich an, mein Meisterwerk vorzubereiten. Sean-Burger ist das einzige Gericht, das ich kochen kann. Gary und ich haben uns das Rezept ausgedacht, als er vor ein paar Jahren mal bei uns zu Besuch gewesen war. Der Trick besteht darin, die Worcester-Soße über das Fleisch zu gießen, während die Frikadellen gebraten werden. Auf diese Weise saugt das Fleisch die Soße auf.

Ich hatte alles so weit vorbereitet, dass ich nur noch die Herdplatte anschalten musste, um mit dem Kochen zu beginnen, als mir auffiel, dass Gary keinen Pfannenwender hatte. Ich durchsuchte alle Schränke, Schubladen, sogar das Besteckfach der Spülmaschine, aber ich fand nur ein paar Messer und einen Flaschenöffner. Vermutlich aß Gary immer auswärts und kochte zu Hause gar nicht. (Ein weiteres Zeichen dafür, wie erfüllt das Leben eines Junggesellen sein kann.) Aber es war unmöglich, meine Hamburger ohne einen Pfannenwender zuzubereiten.

Ich erinnerte mich daran, dass Gary seinen Nachbarn Alex erwähnt hatte – jenen Alex, der uns auch die Bettwäsche geliehen hat. Vielleicht könnte ich mir ja bei ihm einen Pfannenwender ausleihen.

Ich lief über den Flur und klopfte an die Tür der Nachbarwohnung. Vermutlich war auch Alex ein typisch kalifornischer Apartment-Bewohner – ebenfalls ein Junggeselle. Vielleicht hatte auch er nur Messer und Gabeln im Haus. Aber es war einen Versuch wert.

Ich war völlig unvorbereitet auf das, was dann geschah.

Als die Tür geöffnet wurde, stand ich Auge in Auge mit dem bestaussehenden Mädchen, dem ich je begegnet war! Sie sah aus wie eine ägyptische Prinzessin: Augen wie eine Katze, hohe Wangenknochen und eine lange gerade Nase. Ihre schwarzen Haare waren dicht und glänzten; ich hätte mich darin spiegeln können.

Bei diesem Gedanken hatte ich plötzlich das dringende

Bedürfnis, mal wieder mit einem Kamm durch meine strubbeligen Haare zu fahren – das war schon seit gestern nicht mehr geschehen.

»Ja?«

Ein Blick von ihr genügte, mich meines kompletten Verstandes zu berauben. Ich konnte mich nicht einmal erinnern, in welchem Staat ich mich gerade befand. Starrend stand ich da und versank langsam in ihren wunderschönen Cleopatra-Augen. Ich musste so heftig schlucken, als wäre ich gerade auf allen vieren durch die Wüste gekrochen. Ich bin bestimmt an der falschen Tür, dachte ich und blickte mich leicht verzweifelt um.

»Ja?«, fragte sie wieder und wurde langsam ungeduldig. »Sie wünschen?«

»Äh ... ja.« Ich kniff die Augen kurz zu und schüttelte meinen Kopf ein wenig in der Hoffnung, meine Gehirnfunktionen damit wieder etwas auf Trab zu bringen. »Kann ich mir einen Pfannenwender ausleihen?«

Verwundert kniff nun *sie* ihre Augen zusammen. »Wer möchte den denn?«, fragte sie.

»Ich.«

»Und wer ...«

»Oh. Tut mir schrecklich Leid. Ich bin Sean Foster. Gary McGonagle's Neffe.«

»Ach so!«, rief sie aus. Erleichterung zeichnete sich auf ihrem Gesicht ab. »Gary hat mir von dir erzählt. Du bist auch in der Abschlussklasse deiner High School, stimmt's? Genau wie ich. Ich heiße Alexandra – Alexandra Lopez. Aber sag ruhig Alex zu mir. Komm rein!«

Sie trat einen Schritt zur Seite. Ich zwang mich endlich dazu, meine Augen von ihr abzuwenden und humpelte in die Wohnung. Sie ist nur ein Mädchen, Foster, sprach ich zu mir selbst. Jetzt nur nicht gleich ausflippen!

»Im Moment ist es bei uns ein bisschen durcheinander. Wir sind gerade damit beschäftigt, unsere Wohnung weihnachtlich zu dekorieren, aber ich kenne da jemanden, der dabei keine besonders große Hilfe ist.«

Im Wohnzimmer standen zahlreiche geöffnete Pappkisten herum, die mit unterschiedlichen Sorten von Lametta und Glaskugeln gefüllt waren. Mitten in dem Durcheinander saß ein kleiner Junge – auf ihn also hatte Alex gerade angespielt. Er war ungefähr acht Jahre alt und saß mit betrübtem Gesicht vor dem Fernseher.

»Das ist mein Bruder Gabriel. Gabriel, das ist Sean.«

»Hallo«, murmelte er, ohne seine Augen von dem Bildschirm abzuwenden.

»Wenn es dir nichts ausmacht, einen Moment zu warten, schaue ich schnell mal nach, ob ich unseren Pfannenwender finde. Das kann ein Weilchen dauern. Ich bin gerade am Backen, und die Küche ist ziemlich unordentlich.« Sie drehte sich um und verschwand aus meinem Blickfeld. Ich überlegte, ob sie wohl eine von diesen himmlischen Erscheinungen war, von denen die Regenbogenpresse immer wieder berichtet.

Ich setzte mich auf die Couch und widmete meine Aufmerksamkeit dem Football-Spiel, das im Fernsehen übertragen wurde. »Wer spielt?«, fragte ich.

Der Junge drehte sich langsam zu mir um. Seinem Blick

nach zu urteilen, wollte er mir wohl ein unfreundliches
»Warum sollte ich dir das sagen?« entgegnen. Doch stattdessen verzog er nur kurz das Gesicht und sagte: »Dallas
und New York.«

»Aha. Und wer führt?«

»Die *New York Giants* haben sieben Punkte Vorsprung.«

»Und für wen bist du?«

Er zuckte gedankenverloren mit den Schultern. Anscheinend hatte er keine große Lust, mit mir über das Spiel zu
diskutieren. Also sahen wir zu, wie Troy Aikman einen langen Pass in die Endzone des Spielfelds schleuderte.

»He, Mann! Dieser Pfiff eben war kompletter Schwachsinn!«, schrie ich auf, sprang von der Couch und deutete
mit der Faust in Richtung des Fernsehers.

Der Junge starrte mich an, als wäre ich ein durchgedreh-
ter Terrorist, der plötzlich in sein Wohnzimmer eingedrun-
gen war. »Und was war an dem Pfiff falsch?«

»Der Schiedsrichter hat behauptet, dass Irvin außerhalb
vom Spielfeld war, aber Irvin war mit beiden Füßen innerhalb des Spielfelds. Guck dir doch die Wiederholung an.
Seine Zehen sind noch innerhalb der Endzone. Er hatte zu
viel Schwung und rutschte etwas, aber er macht keinen
weiteren Schritt mehr. Doch das ist sowieso alles egal, weil
er ja schon Bodenkontakt hatte. Eigentlich ist die ganze
Aktion ein Touchdown!«

Ich hatte meine Erklärung gerade beendet, als die
Stimme des Kommentators genau das Gleiche verkündete.
Der Junge blickte von mir zum Fernseher und wieder zu-
rück. Seine Augen waren vor Staunen weit aufgerissen.

»Wow! Woher weißt du so viel über Football?«

»Ich spiele Football.«

»Ehrlich? Bist du ein Quarterback?«

»Nein, ich bin Wide Receiver, also im Angriff. Genau wie Michael Irvin, nur besser.«

»Ehrlich? Hast du daher deine Verletzung?«, fragte er und warf einen Blick auf mein bandagiertes Knie.

»Ja«, antwortete ich. Ich gab ihm einen kurzen Bericht von der Spielsituation, in der ich verletzt worden war, und spielte die Szene nach, soweit es die Verletzung und die Wohnzimmermöbel zuließen. Während ich erzählte, konnte ich sehen, wie er etwas lockerer wurde und sich seine Einstellung mir gegenüber veränderte. Seine Augen wurden immer größer, seine Kinnlade klappte nach unten, und immer wieder sagte er »Wow« und »Oh!«. Es machte Spaß, für meine Football-Abenteuer bewundert zu werden. Also erzählte ich ihm noch von ein paar weiteren Spielzügen, die mir schon gelungen waren, und andere, aufregende Spielsituationen, in die ich schon verwickelt gewesen war.

»Hast du keine Angst, wenn all die anderen Typen hinter dir herrennen?«

»Nein. Früher schon, aber wenn man sich davon einschüchtern lässt, kann man nicht wirklich gut spielen. Ich trainiere einfach hart und konzentriere mich auf das Wesentliche. Außerdem habe ich einen Glücksbringer, der mich beschützt.«

»Hast du?«, fragte er bewundernd.

»Ja. Schau ihn dir an.« Ich griff nach meiner Brieftasche und zeigte ihm eine Jerry-Rice-Autogrammkarte. »Siehst du? Mein Onkel Gary hat mir die Karte geschenkt, als ich das erste Mal in der Schulmannschaft mitspielen durfte. Seitdem habe ich immer gut gespielt – nun ja, fast immer.«

»Wow! Cool!«, rief Gabriel bewundernd aus und strich mit seinem Zeigefinger über das Foto.

»Du siehst aber auch so aus, als ob du eines Tages selbst ein berühmter Football-Spieler werden könntest. Du bist jetzt schon ziemlich groß und stark. Und ich wette, dass du auch ziemlich schnell bist, oder?«

»Sicher«, erwiderte er eifrig und strahlte vor Stolz. »Ich habe sogar einmal ein Wettrennen gegen meinen Dad gewonnen, stimmt's, Alex?«

Blitzschnell drehte ich mich nach hinten um und sah Alex, die mit einem Pfannenwender in der Hand hinter mir stand. Wie lange mochte sie da wohl schon gestanden und uns zugehört haben?

»Ja, Gabriel, das hast du«, sagte Alex. In ihrem Gesichtsausdruck mischten sich Stolz und Verwunderung. Auf ihren Lippen lag ein Lächeln, aber mit ihren Augen musterte sie mich prüfend. Ihr Blick erinnerte mich an die Art und Weise, wie meine Mom meinen Dad ansieht, wenn sie auf ihre seltsame, telepathische Art Gedanken austauschen. Aber leider konnte ich außer meinem eigenen Herzklopfen, das wie ein tiefer Bass wummerte, nichts weiter wahrnehmen.

»Mensch Alex. Wusstest du, dass dieser Typ hier Football spielt? Er wird bestimmt einmal richtig berühmt!«

»Sag nicht ›dieser Typ‹, wenn du von ihm sprichst. Das ist sehr unhöflich. Er heißt Sean!«

»Sean wird eines Tages genau so berühmt sein wie Michael Irvin – nur besser!«

»Das ist ja super!«, sagte sie und betrachtete mich, als würde ich gerade irgendwelche Zaubertricks oder sonstige Wundertaten vollbringen. Dann wandte sie sich wieder an ihren Bruder. »Gabriel, du musst dich jetzt von Sean verabschieden. Großmutter wartet unten in der Eingangshalle auf dich. Sie will doch mit dir zum Einkaufszentrum, um dir ein Paar neue Schuhe zu kaufen.«

»Ja, schon. Aber muss ich wirklich mit ihr dahin? Sie hält mich noch immer für ein Baby und behandelt mich auch so!«

»Du gehst jetzt – auf der Stelle!«

»Okay, okay«, grummelte er. »Tschüss, Sean. Vielleicht hast du ja Lust, dir ein anderes Mal meine Football-Sammelkarten anzuschauen? Bitte!«

»Klar! Klingt cool. Aber am besten, du gehst jetzt und besorgst dir ein Paar neue Schuhe. Schließlich sind die Schuhe der wichtigste Teil unserer Ausrüstung als Sportler. Nun mach schon!«

Er lächelte mir zu, dann rannte er zur Eingangstür. »Schau mal, wie schnell ich bin!«, rief er aufgeregt. Dann verschwand er im Flur. Wir konnten seine Schritte hören, wie er immer zwei Stufen der Treppe auf einmal nahm.

Alex lächelte. »Du kannst prima mit Kindern umgehen. Hast du auch jüngere Geschwister?«

»Ich habe eine kleine Schwester, Claire, aber mit ihr verstehe ich mich nicht so gut. Wir streiten uns ziemlich oft.«

»Gabriel und ich auch. Ganz besonders in der letzten

Zeit.« Sie hielt einen Moment inne und holte tief Luft. »Weißt du, unser Dad ist vergangenen Februar bei einem Motorboot-Unfall ums Leben gekommen.«

»Oh. Das – das tut mir Leid.« Es tat mir wirklich schrecklich Leid für sie, aber ich hatte nicht den blassesten Schimmer, was ich ihr sagen sollte.

»Danke.« Alex blickte mir kurz in die Augen, dann starrte sie zu Boden. »Es war ein anstrengendes Jahr. Meine Mom ist Krankenschwester, und jetzt muss sie eine Menge Zusatzschichten arbeiten, damit wir das Apartment hier nicht aufgeben müssen. Das heißt, dass ich immer auf Gabriel aufpassen muss, wenn er nicht in der Schule ist. Das ist gar nicht so einfach. Er hasst mich dafür, dass ich ihm sage, was er zu tun oder zu lassen hat, und er ist immer mürrisch und in sich gekehrt.«

»Das tut mir Leid«, versuchte ich es noch einmal.

»Aber du hast es anscheinend wirklich geschafft, an ihn ranzukommen. Ich glaube, er mag dich!«

»Er ist ein prima Junge. Ich mag ihn.«

Wieder starrte sie mich mit dem gleichen, durchdringenden Blick an, mit dem sie mich schon zuvor angesehen hatte – ich konnte gleichzeitig Dankbarkeit, Traurigkeit und Bewunderung darin lesen.

Plötzlich hatte ich das dringende Bedürfnis, sie in die Arme zu nehmen. Sie wirkte so zerbrechlich. Ich weiß, dass das alles ziemlich kitschig klingt, aber ich wollte sie einfach in den Arm nehmen und ihr versichern, dass alles schon wieder gut werden würde.

Schlagartig wurde mir bewusst, was da gerade geschah.

Ich war im Begriff, wegen eines Mädchens die Kontrolle über meine Gefühle zu verlieren. Es tat mir zwar Leid für Alex und ihre Familie, aber ich durfte nicht zulassen, dass ihre wunderschönen Augen und ihr trauriger Blick meinen Pakt mit Devin zunichte machen würde. Ich musste aus dieser Wohnung raus, bevor Alex mich noch weiter in ihren Bann zog!

»Ähm, ich muss zurück in Garys Wohnung. Ich habe versprochen, mich um das Mittagessen zu kümmern, und es ist schon ziemlich spät.«

»Kein Problem. Ich verstehe. Hier, vergiss das nicht«, sagte sie und reichte mir den Pfannenwender. Dann lächelte sie mir zu und mir wurde wieder ganz warm ums Herz.

»Nun ... bis demnächst!«, rief ich ihr zu, bevor ich schnell die Tür öffnete und hinaus auf den Flur ging.

»Tschüss, Sean. Es war nett, dich kennen zu lernen«, erwiderte sie.

Nachdem sie die Tür geschlossen hatte, stand ich noch einen Moment lang schweigend im Flur und tat einen tiefen Atemzug. Als ich mich umdrehte, sah ich eine Frau vor Garys Apartment stehen, die etwas auf einen Notizblock kritzelte. Sie musste so ungefähr dreißig Jahre alt sein und sah wirklich toll aus.

Dieser Ort hier ist verhext, dachte ich bei mir. Wie schafft man es, den Frauen aus dem Weg zu gehen, wenn sie einem überall auflauern?

Ich blieb wie versteinert stehen und betrachtete sie genauer, während ich grübelte, was hier eigentlich vorging. Sie riss den Zettel vom Block, klebte ihn an die Tür und lief dann davon. Als sie an mir vorbeilief, lächelte sie mir zu und sagte freundlich Guten Tag.

Vielleicht will sie ja irgendetwas verkaufen? Als ich sie gerade fragen wollte, ob sie etwa auf der Suche nach Gary sei, stieg sie auch schon in den Aufzug und war verschwunden. Ich nahm den Zettel von der Tür und las ihn, während ich in die Wohnung hineinlief. Darauf stand: *Ich war da, aber niemand war zu Hause. Ich versuche es später noch einmal – Julie.*

Seltsam. Kein Nachname, nichts, einfach nur »Julie«. Ich überlegte, ob sie vielleicht eine Geschäftskollegin von Gary war.

In diesem Moment betrat Devin die Wohnung; er brachte eine ganze Ladung Sand mit rein.

»Hallo«, sagte er.

»Hi. Wie war's beim Joggen?«

»Klasse!«, antwortete er mit einem breiten Grinsen. »Ich glaube wirklich, dass es mir hier prima gefällt. Es ist einfach … wunderschön!«

»Hab ich doch gesagt!«, erwiderte ich. »Unser Trip hat dir schon richtig gut getan! Hoffentlich hast du mächtig Hunger – es gibt meine berühmten Sean-Burger!« Ich wedelte viel versprechend mit dem Pfannenwender herum.

Das Telefon klingelte. Ich legte den Pfannenwender hin und nahm den Hörer ab. Es war Gary.

»Hallo Sean! Wie geht's? Alles in Ordnung? Habt ihr etwas zum Essen besorgt? Ich weiß, meine Wohnung ist im Moment nicht die allergemütlichste.«

»Danke, dass du uns Geld dagelassen hast, Gary. Uns

geht's prima. Dev ist gerade vom Joggen zurückgekommen, und er sieht aus wie neugeboren! Es scheint, als lohne es sich, ohne Frauen zu leben!«

»Prima. Das hört sich ja gut an.«

»Oh, da wir gerade von Frauen reden – eine Julie war da!«

»Wirklich? Äh – was hat sie gesagt?«

»Nichts. Ich war gerade nicht zu Hause, ich habe das Zeug fürs Mittagessen besorgt, aber sie hat eine Nachricht an der Wohnungstür hinterlassen.« Ich las ihm die Notiz vor, dann fragte ich: »Und wer ist diese Julie?«

»Äh? Niemand – ich meine, sie ist die Putzfrau, die ich engagiert habe; sie kommt mehrmals in der Woche vorbei und sieht nach dem Rechten.«

»Ach so. Nun, am besten, du kommst bald nach Hause. Ich mache uns meine berühmten Sean-Burger und die San Francisco 49ers fangen in einer Stunde an zu spielen!«

»Klar. Ich werde bald da sein. Und wenn ihr noch irgendetwas braucht, dann fragt einfach bei Alex gegenüber nach. Sie ist wirklich süß.«

Allerdings, das ist sie, dachte ich. Sofort fielen mir wieder ihr entzückendes Lächeln und ihre funkelnden Augen ein.

»Danke, Gary, aber wir werden ihre Hilfe nicht brauchen. Wir kommen prima ohne sie zurecht.«

Auch an unserem zweiten Morgen in Kalifornien begann ich meinen Tag wieder recht früh. Ich stand auf und zog mich an – ich freute mich auf das Treffen mit Holly. Am Abend zuvor waren Sean und ich lange wach geblieben, wir hatten gemeinsam einen stumpfsinnigen Horrorfilm angeschaut und so viel Chips gegessen, dass mir der Mund wehtat. Gegen zwei Uhr morgens sind wir endlich in unsere Betten gekrochen, und mein Wecker hatte mich um 6.30 Uhr schon wieder aus dem Schlaf gerissen. Aber der Gedanke Holly wiederzusehen, katapultierte mich förmlich aus meinem Bett.

Den ganzen Tag haderte ich mit meinem Gewissen und dachte darüber nach, ob ich Sean von meiner Verabredung mit Holly erzählen sollte. Schließlich entschied ich mich dagegen. Sean war wild entschlossen, an seinem »Ferien-ohne-Frauen-Pakt« festzuhalten. Außerdem versuchte mir das Logikzentrum meines Gehirns klarzumachen, dass eine Verabredung zum Joggen eigentlich keine richtige Verabredung war. Alles in allem war es wohl besser Sean nichts von all dem zu erzählen, denn nicht zuletzt legte auch meine Nase keinen gesteigerten Wert darauf, von Seans Fäusten bearbeitet zu werden.

Je mehr ich darüber nachdachte, desto sinnloser erschien mir dieser ganze Pakt, alle Frauen plötzlich ignorieren zu wollen. Sean war der Auffassung die ganze Welt hätte sich gegen ihn verschworen, nur weil Jo Beth ihn verlassen hatte. Ich wusste, wie sehr ihn diese ganze Beziehungskiste fertig gemacht hatte. Und nun wollte er alle Frauen strafen, indem er ihnen sein Lächeln, das seine Grübchen so unwiderstehlich zur Geltung brachte, verwehrte. Ich dagegen hatte gar kein Interesse daran, meine Ferien als Pause von den Frauen zu betrachten – wohl hauptsächlich deshalb, da ich sowieso nicht so von den Frauen umschwärmt wurde – ganz im Gegensatz zu Sean. Wie kann man eine Pause von etwas wollen, das man sowieso kaum hat?

Schließlich waren Tasha und ich nur ein paar Monate miteinander gegangen. Sie war erst kurz zuvor von Missouri nach Oklahoma gezogen, und da sich all die anderen jungen Leute in Saddle Pass schon aus ihren Kindergarten-Tagen kannten, witterten alle ein Geheimnis in ihr – die Schöne mit der mysteriösen Vergangenheit. Als sie sich dann tatsächlich mit mir verabredet hatte, glaubte ich ernsthaft, das große Los gezogen zu haben.

Sean war darüber genauso erfreut gewesen wie ich. Er betrachtete das Ganze als Gelegenheit für mich, endlich zu lernen, wie man auf Mädchen cooler wirkt. Ich habe nicht auf ihn gehört. Ich war überzeugt, dass ihr Interesse an mir auch bedeutete, dass sie mich so mochte, wie ich nun mal war. Doch leider hat sie es nach zwei Monaten, in denen sie mein wahres Ich kennen gelernt hatte, vorgezogen, sich nach einem anderen umzusehen. Allerdings war ich, nach unserem näheren Kennenlernen, auch zu der Überzeugung gelangt, dass sie nicht ganz mein Typ war. Viel zu verwöhnt und egoistisch. Dennoch hat mich die Episode mit Tasha dazu bewogen, Seans Ratschläge in Zukunft ein wenig ernster zu nehmen.

Eilig zog ich mir meine Joggingklamotten über, bürstete mir die Haare und putzte mir so leise wie möglich die Zähne. Dann schlich ich mich auf Zehenspitzen durch das Wohnzimmer. Sean lag auf der Couch und hatte alle viere von sich gestreckt, als sei er das Opfer eines Unfalls geworden. Mit einer Hand klammerte er sich am Kopfkissen fest, als kämpfe er um Leben oder Tod. Sein verletztes Bein hatte er auf dem kleinen Kaffeetisch hochgelagert, das andere war seltsam angewinkelt. Wahrscheinlich bin ich mit meinem lumpigen Futon gar nicht so schlecht dran.

Holly war schon am Strand und gerade dabei, sich zu dehnen, als ich dort ankam. Sie trug wieder ihre Jacke mit dem Emblem der 49ers, ihr Haar hatte sie zu einem Pferdeschwanz zusammengebunden. Ihre weißen Nike-Turnschuhe und die schwarze Nylonhose brachten ihre unglaublich langen, wohlgeformten Beine hervorragend zur Geltung.

»Hallo!«, rief sie mir zu. »Ich war mir nicht sicher, ob du kommen würdest.«

»Warum? Bin ich etwa schon zu spät?«

»Nein, aber wir haben uns ziemlich überstürzt verabredet. Außerdem schuldest du mir einen Dollar und fünfzehn Cent für den Orangensaft. Hätte ja sein können, dass du einer der Typen bist, die ihre unglaublich blauen Augen dazu benutzen, weibliche Bedienungen um ihren Verdienst zu bringen.«

Die Röte schoss mir ins Gesicht. Ich freute mich über ihr Kompliment. Außerdem hatte sie sich gerade umgedreht und vornübergebeugt, um ihre Waden zu dehnen; ihre Shorts waren dabei verführerisch nach oben gerutscht.

»Äh, Entschuldigung – ich habe schlicht und einfach vergessen zu bezahlen. Tut mir Leid. Ich habe das Geld heute dabei.«

»Kein Problem.« Sie richtete sich wieder auf. »Der Orangensaft geht auf mich. Sozusagen ein Willkommensgeschenk. Okay, bist du fertig?«

Ich war so damit beschäftigt gewesen, mich mit ihr zu unterhalten und ihre Beine anzustarren, dass ich vollkommen vergessen hatte, mich zu dehnen.

»Äh, ja, beinahe. Ich sollte mich besser auch etwas aufwärmen.«

»Okay«, sagte sie. »Aber wir müssen bald los, wenn ich rechtzeitig wieder da sein will, um das Café zu öffnen.«

Ich beugte mich nach vorne, um mit meinen Händen den Boden zu berühren und so meine Rückenmuskulatur zu lockern, als sie sich ebenfalls nach vorne beugte. Unsere Köpfe knallten wie zwei Billardkugeln aneinander und wir fielen beide rückwärts in den Sand.

»Auu!«, rief sie und hielt sich mit den Händen ihren Kopf.

»Tut mir schrecklich Leid! Ist alles in Ordnung?«

Holly blickte vorsichtig nach oben und sah mich an. Sie hatte eine Augenbraue hochgezogen – kein Zweifel, in ihren

Schläfen hämmerte der gleiche Schmerz, der auch in meinem Kopf brummte, aber ihr Mund verzog sich zu einem Lächeln.

Dann brach sie in schallendes Gelächter aus. »Au weh! Es tut richtig weh zu lachen«, sagte sie und musste noch mehr kichern.

Auch ich fing an zu lachen und bewunderte ihren Sinn für Humor. Hollys Lachen war unwiderstehlich – fröhlich und melodisch.

Ich half ihr beim Aufstehen, und es dauerte eine Minute, bis wir uns wieder gefasst und den Sand von unseren Klamotten geklopft hatten.

»Bist du jetzt so weit?«, fragte sie einen Moment später.

Ich beschloss, keine weitere Dehnübungen mehr zu machen, sondern einfach loszulaufen. »Na klar!«

»Okay. Also, du musst wissen, dass es etwas anderes ist, am Strand zu joggen als auf einem geteerten Weg oder einem Waldweg. Im Gegensatz zu Beton gibt der Sand unter dem Gewicht deiner Füße nach. Außerdem federt der Boden auch nicht zurück, wie das zum Beispiel bei einem Waldboden der Fall ist. Man muss sich also bei jedem Schritt etwas stärker vom Boden abdrücken. Es dauert etwas, bis man sich daran gewöhnt hat.«

Wir liefen los, und wie sie prophezeit hatte, dauerte es eine Weile, bis ich einen angenehmen Rhythmus gefunden hatte. Glücklicherweise stolperte ich nicht oder rempelte sie aus Versehen an, was ja am Strand zur Folge haben kann, dass sie plötzlich mitten in den Wellen liegt.

Während wir liefen, deutete Holly immer wieder auf ein

paar Sehenswürdigkeiten. »Siehst du das große, braune Gebäude dort drüben?« Sie zeigte quer über die Straße. »Dort war früher das Hauptquartier eines großen Schmugglerrings.«

»Und was wurde dort geschmuggelt?«

»Das kannst du dir sicher denken. Und siehst du das Restaurant dort am Ende der Straße? Das war Elvis' Lieblingsrestaurant. Er hat dort am liebsten Hamburger mit Tomate und Salat gegessen!«

»Wirklich?«

»Ja! Oh – das hier wird dir ganz bestimmt gefallen – die Frau, die in dem kleinen, gelben Strandhäuschen dort vorne wohnt, sammelt Toiletten!«

»Ach Quatsch!«

»Nein, überhaupt nicht! Sie hat unzählige davon. In einer Zeitschrift erschien sogar schon ein Artikel über sie.«

»Ich wette, dass sich ihre Besucher bestimmt ziemlich dämlich vorkommen, wenn sie sie bittet, sich zu setzen!«

Wieder lachte Holly ihr fröhliches, melodisches Lachen, dann gab sie mir mit ihrem Ellbogen einen freundschaftlichen Stoß in die Seite. »Willkommen in Newport Beach! Wir haben hier zwar nicht den Kitsch und den Glamour von Disneyland, auch nicht die Diamanten von Beverly Hills oder ... das Silikon von Hollywood. Aber auch bei uns ist das Leben manchmal ganz schön spannend! Ich bin sicher, dass du dein einzigartiges Erlebnis irgendwo hier finden wirst!«

»Da bin ich auch sicher!«, sagte ich und betrachtete sie von der Seite. Ich hatte ziemlich Mühe, nicht zu stolpern, während wir joggten – nicht, weil mir der sandige Unter-grund Schwierigkeiten bereitete, sondern weil ich mich immer wieder dabei ertappte, wie ich Holly beobachtete, anstatt aufzupassen, wo ich hinlief.

»Erzähl mir von deiner Heimatstadt!«, forderte Holly mich lächelnd auf. »Ist es dort auch so aufregend wie hier?«

»In Saddle Pass? Da gibt's nicht viel zu erzählen. Saddle Pass ist eine Kleinstadt ungefähr eine halbe Stunde von Tulsa entfernt. Es gibt fünf Verkehrsampeln, zwei winzige Einkaufspassagen und in der Nähe einen kleinen Bach. Die einzige wirkliche Abwechslung sind die Football-Spiele unserer Schulmannschaft. Für alles andere fahren wir nach Tulsa.«

»Meine Güte, du erzählst das, als würdet ihr hinterm Mond leben. Aber ihr tragt trotzdem Schuhe, wenn ihr vor die Tür geht, oder?«

Ich musste lächeln und schüttelte den Kopf. Ich freute mich über die Brise, die vom Meer herüberwehte, während wir rannten. »Saddle Pass ist zwar klein, aber nicht ganz so hinterm Mond, wie du jetzt vielleicht glaubst. Und überhaupt werfen große Ereignisse ihre Schatten voraus: Im nächsten Frühjahr wird in Saddle Pass ein großes Einkaufs-zentrum eröffnet!« Ich riss theatralisch die Arme in die Höhe.

»Was für ein Ereignis!«, rief sie und rümpfte ihre Nase. »Ist das wirklich euer einziger kultureller Höhepunkt? Hast du nie das Gefühl, irgendetwas zu verpassen?«

»Nein, nicht wirklich. Ich meine, wir haben zwar keine

berühmte Opernbühne oder sonst was in der Richtung, aber wir haben alles, worauf es wirklich ankommt. Jeder kennt jeden. Es gibt so gut wie keine Kriminalität. Es klingt zwar dämlich, aber die alten Werte haben in Saddle Pass tatsächlich noch ihre Bedeutung.« Ich verstummte plötzlich und starrte auf meine Füße, die rhythmisch durch den Sand liefen. Oh Mann, das klang selbst für meine Verhältnisse ziemlich bieder! Sean hat Recht! Du musst wissen, wann Schluss ist, Dev!

»Das hört sich an, als ob du das völlig in Ordnung findest«, sagte Holly und versuchte, meinen Südstaaten-Akzent zu imitieren. »Was hältst du davon, wenn wir den Rest des Weges nur gehen und uns Zeit lassen? Wir sind sowieso schon fast da.«

Ich war dankbar für ihren Vorschlag. Die Tatsache, dass ich viel zu wenig geschlafen und mich nicht ausreichend aufgewärmt hatte, begann ihren Tribut zu fordern. Und von dem vielen Erzählen war ich ziemlich atemlos. Ich musste endlich mit dem vielen Gequatsche aufhören – und nicht allein deshalb, weil mir die Puste ausgegangen war!

Vielleicht war Seans Strategie, den Frauen aus dem Weg zu gehen, ja genau das Richtige für ihn. Ich dagegen hatte gerade eine Gelegenheit gefunden, ein völlig neuer Mensch zu werden. Mit Holly könnte ich völlig neu beginnen – der Typ werden, auf den die Frauen fliegen – ein Typ wie Sean. Und coole Typen erzählen bei ihrem ersten Date nicht gleich ihre ganze Lebensgeschichte.

Holly und ich hielten an; wir setzten uns in den Sand, um uns zu dehnen.

»Alles in Ordnung?«, fragte sie mich. »Du siehst ziemlich geschafft aus. Ich habe dir ja gesagt, dass es viel anstrengender ist, am Strand entlangzujoggen.«

»Halb so schlimm. Ich habe nur eine anstrengende Nacht hinter mir. Das ist alles.«

»Aha? Eine heiße Verabredung?« Sie hob eine Augenbraue.

Ich wollte gerade fragen, ob sie mich etwa veräppeln wollte, als mir Seans Ratschlag wieder einfiel: Sei geheimnisvoll! Also sagte ich: »Ich habe einen schrecklich miesen Horrorfilm gesehen«, und zuckte mit den Schultern. »Das Schrecklichste daran war, dass er nicht zu Ende gehen wollte.« Wenigstens war diese Aussage nicht ganz eindeutig. Holly würde nicht wissen, mit wem ich mir den Film angeschaut hatte.

»Deine Augen sind ein wenig gerötet. Wenigstens passen sie jetzt farblich zu der Stelle auf deiner Stirn, wo wir aufeinander gekracht sind. Warte, lass mich das mal genauer anschauen.«

Sie beugte sich zu mir, um meine Stirn zu untersuchen. Ich konnte ihren warmen Atem auf meiner Wange fühlen und roch den blumigen Duft ihrer Haare.

»Ts, ts, ts – ich denke, das gibt eine kleine Beule.« Vorsichtig strich sie mit ihren Fingern über meine Stirn. Plötzlich war der ganze Schmerz verschwunden. Eine Hitzewelle fuhr durch meinen Körper. Ich hätte mich nicht gewundert, wenn meine Haare ganz plötzlich in Flammen aufgegangen wären.

Sie zog ihre Hand wieder weg. Und nun hob ich meine

Hand, um auch auf ihrer Stirn nach einer Beule zu suchen. »Ich … ähm.« Ich wollte mich noch einmal dafür entschuldigen, dass wir zusammengestoßen waren, dann besann ich mich anders. »Ich kann hier auch etwas fühlen«, sagte ich leise.

Einen Moment lang saßen wir einfach nur da und blickten uns schweigend an, während ich mit meinen Fingern vorsichtig über ihre Augenbraue strich. Sie blickte mich mit ihren großen Augen durchdringend an – als würde sie in meinen Augen nach etwas Bestimmtem suchen. Vielleicht war es auch eine optische Täuschung, aber es kam mir so vor, als würde sie mit jedem Atemzug, den sie tat, ein winziges bisschen näher an mich heranrücken.

Ganz plötzlich fühlte ich mich schrecklich verunsichert. Ich hatte das seltsame Gefühl, dass sie direkt in mich hineinschauen konnte und sah, was für ein schüchterner, unbeholfener Tollpatsch ich in Wirklichkeit war. Außerdem liefen gerade ein paar Leute an uns vorüber. Wir sahen bestimmt so aus, als ob wir irgendwelche neuen Methoden der Wunderheilung aneinander ausprobierten. Rasch wandte ich meine Augen von ihr ab und zog meine Hand zurück.

»Ähm, also ich brauche jetzt einen Kaffee«, murmelte ich. »Ich könnte etwas Koffein vertragen. Außerdem habe ich heute meinen angestrebten Pulsschlag schon erreicht!«

Den Rest des Weges zum Café legten wir schweigend zurück. Als wir so nebeneinander herliefen, war ich vollkommen ratlos. Hätte ich versuchen sollen, sie zu küssen, als wir uns da draußen am Strand gegenübergesessen hatten?

Einerseits schien sie mir nicht abgeneigt zu sein – aber andererseits kannten wir uns ja kaum.

Als wir am Café angelangt waren, schloss Holly die Eingangstür auf und schaltete die Beleuchtung ein.

»Arbeitest du heute Morgen ganz alleine hier?«, fragte ich und versuchte, unser Schweigen zu durchbrechen.

»Nein. Bowman kommt auch noch, aber er spielt in einer Band, und vor neun schafft er es einfach nicht, hier aufzukreuzen.«

»Aha, und wer ist Bowman?« Plötzlich fühlte ich, wie ich unsicher wurde.

»Bowman hat die High School abgebrochen, weil er nur zwei Fähigkeiten besitzt: Bassgitarre spielen und Espresso aufbrühen. Er ist harmlos – nicht gerade ein Philosoph oder so –, aber wirklich sehr nett. Mein Dad hat ihn eingestellt, weil er so völlig unbürgerlich aussieht. Die Kunden mögen das.«

»Deinem Vater gehört das Café hier?«

»Ja. Er hat es gekauft, als ich fünf Jahre alt war.«

»Arbeitet deine Mom auch hier?«

»Nein. Sie … nun ja, sie ist nicht mehr hier.« Hollys normalerweise fröhliches Gesicht verdüsterte sich. »So ungefähr zu der Zeit, als mein Dad dieses Café hier gekauft hat, hat sie sich mit seinem früheren Geschäftspartner aus dem Staub gemacht.«

»Oh Mann, das tut mir Leid.« Ich hasste mich dafür, das Thema angeschnitten zu haben. »Wir müssen nicht darüber reden, wenn du nicht magst.«

»Kein Problem«, sagte sie und hob resigniert die Schultern. »Irgendwann wäre dieses leidige Thema sowieso zur Sprache gekommen.«

Obwohl die Stimmung zwischen uns gerade ein bisschen komisch war, gefiel mir die Art, wie sie »irgendwann« gesagt hatte – so, als ob sie wüsste, dass wir uns bestimmt noch öfter treffen würden.

Holly holte tief Luft und blickte über den Tresen. »Mein Dad und dieser Typ hatten zusammen ein Restaurant, bis, na ja, bis die ganze Sache eben kompliziert wurde. Mom ist mit dem Typen auf und davon und hat ihn geheiratet. Die beiden sind immer noch zusammen.«

»Siehst du deine Mutter noch oft?«

»Nein. Sie lebt inzwischen in Boston und die beiden haben zwei kleine Jungs. Irgendwie kommt es mir so vor, als ob sie mich immer nur dann einladen, wenn sie einen kostenlosen Babysitter brauchen.«

Ihr Gesicht nahm einen finsteren Ausdruck an; sie begann, die Zuckerstreuer auf der Theke aufzufüllen.

»Komm, ich mach das für dich«, sagte ich und nahm ihr die Großpackung mit dem Zucker aus der Hand.

»Danke.« Sie lächelte und holte wieder tief Luft – so, als versuche sie, sich zurück in die Gegenwart zu katapultieren. »Und was ist mit deinen Eltern? Eignet sich deine Familiengeschichte auch als Drehbuch für eine Seifenoper?«

»Och, ich habe einen ganz durchschnittlichen Dad und eine ganz durchschnittliche Mom. Mein Vater ist Konrektor an der örtlichen Grundschule, meine Mutter gibt Klavierstunden. Ich habe einen kleinen Bruder, Damon. Er ist zwölf. Eigentlich verstehen wir uns ziemlich gut.« Wieder einmal wurde mir bewusst, wie zuckersüß mein Leben auf andere wirken musste – ganz besonders im Vergleich zu ihrer Familie. Wie konnte ich es überhaupt schaffen, lässig und geheimnisvoll zu wirken, wenn mein Leben in so geordneten Bahnen verlief?

»Klingt alles sehr nett.«

»Es ist okay. Nichts Besonderes.«

Holly nickte und dachte nach. »Ich vermute, dass deine Zukunft genauso rosig aussieht wie deine Vergangenheit. Was hast du vor, wenn du mit der Schule fertig bist?«

»Ich weiß es nicht. Vielleicht werde ich irgendwo Kommunikationswissenschaft studieren. Ich bin gerade dabei, mir verschiedene Unis anzusehen. Und du?«

»Ich möchte einen betriebswirtschaftlichen Abschluss mit dem Schwerpunkt Restaurant-Management machen«, sagte sie und deutete auf die Wände, die sie umgaben. »Nachdem ich quasi mein ganzes Leben lang hier ausgeholfen habe, habe ich eine Menge Ideen.«

»Ich finde es klasse, dass du so eine tolle Gelegenheit zum Arbeiten hast«, stellte ich fest. »In Saddle Pass gibt es für Jugendliche kaum Möglichkeiten, Geld zu verdienen. Und selbst wenn ich irgendeinen Job finden würde, hätten meine Eltern bestimmt Bedenken, dass die Schule darunter leiden würde.«

Sie nickte. »Dad ist da nicht anders. Deshalb helfe ich hauptsächlich am Wochenende aus – in den Ferien auch öfter. Normalerweise ist Dad derjenige, der morgens das Café aufschließt. Aber ich habe ihn vor ein paar Wochen darum gebeten, morgens statt abends arbeiten zu dürfen, um mehr Zeit mit Wade, meinem Freund, verbringen zu können.«

»Du hast einen Freund?« Ich versuchte, so ruhig und gelassen wie möglich zu klingen, aber ich fühlte mich, als ob sich gerade ein Tyrannosaurus Rex über meine Eingeweide hermachen würde.

»*Hatte* einen Freund. Vergangenheitsform. Tot und begraben … oder wenigstens wünschte ich, es wäre so. Letzte Woche habe ich herausgefunden, dass Wade mich mit einem Mädchen aus Yorba Linda betrogen hat. Ich wusste zwar, dass er nicht meine große Liebe ist, aber ich fühlte mich trotzdem verletzt und gedemütigt. Kannst du das verstehen?«

Aber sicher. Nur zu gut. Ich überlegte, ob ich ihr von Tasha und meiner eigenen unangenehmen Erfahrung erzählen sollte, entschied mich dann aber dagegen. Ich würde ihr nicht davon erzählen. Wenn ich auch nur die geringste Chance haben wollte, auf Holly einen richtig lässigen Eindruck zu machen, dann durfte ich ihr nicht von meinen schlechten Erfahrungen berichten.

»Hört sich an, als sei der Typ ein Idiot.«

»Ja«, antwortete sie leise und blickte über die Theke.

In diesem Moment wurde die Tür geöffnet und ein junges Pärchen kam herein.

»Ups«, murmelte sie. »Ich glaube, es wird Zeit, dass ich mich an die Arbeit mache!«

»Ja, ich mache mich auch besser auf den Weg«, sagte ich und beschloss, zurück zum Apartment zu gehen, anstatt nutzlos in dem Café rumzustehen und Holly bei der Arbeit zuzusehen. Sean würde sich bestimmt sowieso schon wundern, wo ich so lange blieb.

»Was? Jetzt schon? Ich habe dir noch nicht mal einen Kaffee gemacht!«

»Ich weiß. Aber du wirst sowieso viel zu tun haben, und ich muss noch ein … ein paar Dinge erledigen!«

»Meinetwegen. Also, mach noch ein Nickerchen oder ruh dich aus, damit du wieder klar aus den Augen schauen kannst!« Sie zwinkerte mir verschwörerisch zu.

»Mach ich. He, hast du Lust, mir morgen früh noch eine Jogginglektion zu erteilen? Das Joggen macht wirklich Spaß, aber du musst mir noch zeigen, wie man es schafft, dass man am Ende nicht tonnenweise Sand in den Schuhen hat!«

Sie lachte und nickte mir zu. »So lange du mir versprichst, dich heute auszuruhen.«

»Bestimmt«, antwortete ich und lief zur Tür.

»Ach, und Devin?«

»Ja?«

»Vielleicht schaffst du es ja beim nächsten Mal auch, mir keine Gehirnerschütterung zu verpassen, okay?«

Wir waren nun schon zwei Tage in Newport Beach und hatten bisher nichts weiter getan, als in Onkel Garys Wohnung vor dem Fernseher zu sitzen und Videos anzuschauen oder mit Onkel Gary Karten zu spielen. Ich fand es klasse, meine Eltern nicht um mich zu haben oder mir Gedanken um die Schule oder meine Exfreundin machen zu müssen. Zudem war ich schon ein paar Mal hier gewesen und hatte das ganze touristische Zeug schon hinter mich gebracht. Aber ich merkte, dass Devin unruhig wurde.

Als ich aufwachte, war er nicht da. Ich vermutete, dass er joggen gegangen war. Der Typ war wirklich der disziplinierteste High-School-Junge, den ich kannte.

Ich kaute auf ein paar Waffeln herum und zappte mich durch die verschiedenen Fernsehprogramme. Aber außer einer langweiligen Spielshow, bei der die Leute vor Begeisterung schrien und beinahe ausflippten, weil sie einen Mikrowellenherd gewonnen hatten, gab es nichts zu sehen. Ich schaltete den Fernsehapparat aus, humpelte durch die Wohnung und überlegte, was ich nun machen sollte. Ich hatte alle herumliegenden Sportzeitschriften schon gelesen, keiner war da, mit dem ich Karten spielen konnte, und ganz offensichtlich war Gary nicht mehr im Besitz seines Nintendo. Kein Wunder, dass Devin gegangen war. Dieser Ort hier verlor sehr schnell seine Anziehungskraft.

Natürlich war da noch Alex. Vielleicht könnte ich ja mal schauen, was sie gerade machte. Vor meinem inneren Auge tauchte ihr Gesicht auf. Die feurigen Augen, ihre ebenmäßigen Zähne – und ihr Haar so glänzend, dass ich ständig das Gefühl hatte, es berühren zu müssen.

Reiß dich zusammen, Foster, schimpfte ich mich selbst aus. Dir ist einfach nur langweilig. Unternimm etwas!

Auf dem Küchentisch lag eine Notiz von Gary. Ich las: *Ich werde heute zeitig zu Hause sein. Mach es dir gemütlich, Kumpel! – Onkel Gary!*

Irgendetwas stimmte nicht mit Gary. Er kam mir so anders vor als sonst – irgendwie nervös und abgelenkt; gar nicht der ausgelassene Partylöwe, der er sonst eigentlich war. Und dann seine Wohnung – wo waren die Stereoanlage, das Wasserbett und sein Nintendo? Ich hatte ihn danach gefragt, aber er hatte nur rumgestottert und irgendwas davon gemurmelt, dass er in letzter Zeit etwas knapp bei Kasse gewesen sei und ihm die Sachen sowieso nicht mehr so richtig gefallen hätten. Aber es war trotzdem komisch. Gary war erst kürzlich befördert worden, und das Auto, das er fuhr, war brandneu und hatte bestimmt so an die vierzigtausend Dollar gekostet. Er hatte sogar eine Putzfrau angeheuert.

Ich habe einmal einen Film gesehen, in dem die Leute ihre ganzen Sachen verkauft haben und anschließend auf Kissen herumsaßen, meditierten und versuchten, einfacher zu leben, um der spirituellen Seite ihres Ichs Ausdruck zu verleihen. Vielleicht war das ja in Kalifornien gerade der letzte Schrei und Gary war dem Ganzen auch schon total verfallen. Vielleicht – obwohl ich mir beim besten Willen nicht vorstellen konnte, wie Onkel Gary im Schneidersitz auf dem Boden saß und vor sich hin sang.

Ich ging in die Küche, um die Packung mit den Waffeln zu holen. Dort sah es schrecklich aus. Fettige Teller und Pfannen, Reste der Sean-Burger, verkrustete Messer und Löffel und leere Aluminiumdosen, die in den Recycling-container gehörten, lagen herum. Ich überlegte, wann die Putzfrau wohl wieder vorbeikommen würde. Nun ja, was soll's, dachte ich. Eigentlich kann ich es genauso gut selbst machen. Ich habe sowieso gerade nichts Besseres zu tun.

Es dauerte nicht lange, bis ich die ganzen Sachen unter fließendem Wasser abgespült und in die Spülmaschine ge-räumt hatte. Als das erledigt war, fand ich nirgendwo Spül-maschinenpulver, wie wir es normalerweise zu Hause verwendeten. Also nahm ich etwas von dem flüssigen Spül-mittel, das neben der Spüle stand. Dann lief ich ins Bade-zimmer, um zu duschen und mich anzuziehen. Später wollte ich Devin vorschlagen, ein bisschen am Pier entlang-zubummeln.

Als ich aus dem Badezimmer kam, traute ich meinen Augen kaum. Der Küchenboden war über und über mit Seifenschaum bedeckt! Während ich so dastand und mir überlegte, was wohl passiert war, wurde der Berg aus Sei-fenblasen immer größer. Ununterbrochen waberte der Schaum aus den seitlichen Ritzen der Spülmaschine.

Mopp! Ich brauche einen Mopp!, dachte ich, aber bei einem kurzen Blick durch die Wohnung wusste ich, dass ich hier kein Glück haben würde. In der Zwischenzeit blubberte und schäumte die Spülmaschine weiter vor sich hin. Einem plötzlichen Impuls folgend, rannte ich über den Flur und klopfte an Alex' Tür.

»Hallo!«, sagte sie freundlich, als sie die Tür öffnete. »Wie geht es dir … «

»Kann ich mir einen Mopp ausleihen?«

Sie blickte mich überrascht an. »War der Pfannenwender etwa nicht in Ordnung?«

»Doch, prima, aber – nun ja … Onkel Garys Küche ist überschwemmt, und …«

»Wie bitte?«, rief sie aus. Dann verschwand sie für einen Moment, und als sie wiederkam, hatte sie einen Eimer und einen Mopp in den Händen. Sie rannte über den Flur in Garys Wohnung.

»Oh, mein Gott!«, rief sie, als sie den Berg aus Seifenblasen sah. »Wie ist das denn passiert?«

»Keine Ahnung! Ich glaube, ich habe Garys Spülmaschine kaputtgemacht. Weil ich kein Spülmaschinenpulver gefunden habe, habe ich eben Spülmittel genommen. Dann bin ich unter die Dusche …«

»Du hast – Spülmittel genommen?!« Mit einer Mischung aus Unglauben und Erheiterung blickte sie mich an, als sei ich ihr kleiner Bruder.

»Äh, ja.« Ich kam mir total bescheuert vor. »Vielleicht ist es besser, wenn ich die Spülmaschine ausschalte, bevor die Seifenblasen sich noch bis zur Decke türmen.«

Ich lief durch den Schaum, aber Alex hielt mich zurück. »Tu's nicht! Es ist total glitschig, und du hast ein verletztes Bein. Lass mich das machen!«

»Das ist schon okay«, sagte ich verzweifelt. Ich kam mir sowieso schon ziemlich dämlich vor. Der Gedanke, dass sie mich beschützen wollte, machte alles noch viel schlimmer.

»Sei kein Macho«, schimpfte sie. »Du möchtest schließlich wieder Football spielen, oder?«

Bevor ich ihr eine Antwort geben konnte, watete sie schon durch den Schaum.

»Das war's«, sagte sie und schaltete die Spülmaschine aus. »Reich mir mal den Mopp ... whoa!« Plötzlich rutschten ihr die Füße weg. Einen Augenblick später saß sie auf dem Boden und steckte bis zu den Schultern im Schaum. Ich konnte mich nicht beherrschen: Ich musste lauthals lachen. Das war wie eine Szene aus einem Slapstick-Film.

»Hör auf!«, sagte sie, aber auch sie lachte.

»Komm, ich helfe dir!« Ich machte ein paar Schritte auf sie zu und streckte meine Hand aus. Sie griff danach und zog fest daran. Im selben Augenblick fanden meine Füße keinen Halt mehr auf dem Boden. Ich verlor das Gleichgewicht. Ich schlitterte in ihre Richtung wie ein Skiläufer bei der Abfahrt. Platsch!, fiel sie wieder hin, und ich landete direkt neben ihr.

»Tausend Dank«, sagte sie spöttisch und warf mir eine Hand voll Seifenblasen auf den Kopf.

»He!«, rief ich und schaufelte mit der Hand im Schaum, um ihn nach ihr zu werfen.

Wir schlitterten weiter über den Küchenboden, lachten

und bewarfen uns gegenseitig mit Schaum. Als wir endlich aufhörten, war der Schaum in sich zusammengesunken, und das meiste Wasser hatten wir mit unseren Klamotten bereits aufgesaugt.

»Nun, hier gibt es nicht mehr viel aufzuwischen«, stellte Alex atemlos fest.

»Nein«, bestätigte ich, unfähig, meine Augen von ihr abzuwenden. Sie zwinkerte mir wieder verschwörerisch zu. Ihre Kleidung und ihre Haarspitzen waren feucht, und viele kleine Seifenblasen klebten auf ihren Schultern und auf ihrer Stirn. Plötzlich musste ich an diese Göttin aus der griechischen Mythologie denken – die Göttin, die eines Tages aus dem schäumenden Meer aufgetaucht war – die Göttin der Schönheit und der Liebe.

Lass es nicht so weit kommen, Foster, befahl ich mir selbst. Werde jetzt nur nicht sentimental!

»Wie geht es dir?«, fragte sie leise.

»Gut! Mir geht es gut!«, antwortete ich fast ein wenig zu laut. Ich hatte Angst, dass sie bemerkt haben konnte, wie ich sie angestarrt hatte. Am Ende dachte sie gar, ich hätte mich in sie verliebt. »Mir ist nur gerade aufgefallen, dass du noch immer Seifenblasen in den Haaren hast. Das ist alles.«

»Ich meinte eigentlich dein Bein. Hast du dir bei dem Sturz wehgetan? Hoffentlich hat der Sturz deine Verletzung nicht noch verschlimmert!« Besorgt hob sie ihre Augenbrauen und runzelte die Stirn. Ich nannte mich selbst einen Idioten, weil ich so heftig reagiert hatte.

»Mir geht es gut. Ich glaube, mein Allerwertester hat die

meiste Wucht abgefangen«, sagte ich. »Danke für deine Hilfe. Kann ich mich irgendwie revanchieren? Möchtest du etwas trinken?«

»Als du geklingelt hast, war ich eigentlich gerade dabei, das Mittagessen vorzubereiten. Kommst du rüber und isst mit uns? Es gibt zwar nur Reste, aber davon eine ganze Menge!«

»Nun ja ... ich weiß nicht.« Ich fühlte mich wie ein Seil beim Tauziehen. Die eine Hälfte meines Ichs wollte die Einladung gerne annehmen, die andere Hälfte sagte deutlich Nein.

»Ach, komm schon«, sagte sie, neigte ihren Kopf und lächelte. »Es ist viel zu gefährlich für dich, in dieser Küche zu bleiben. Außerdem kannst du mir dann nachher beim Abwasch helfen!«

Mit einem verschmitzten Lächeln schaute sie mich an. Ich konnte nicht länger widerstehen.

»In Ordnung. Ich komme rüber – vorausgesetzt, ich schaffe es, aufzustehen.« Ich robbte zum Küchenschrank und zog mich vorsichtig daran hoch.

»Gut gemacht«, sagte Alex und klatschte mir Beifall. Dann stand sie ebenfalls vorsichtig auf und lief zu mir. »Ich werde mich schnell umziehen. Ich glaube ich ... hoppla!« Wieder rutschte sie auf dem glitschigen Boden aus, doch anstatt nach hinten zu fallen, fiel sie diesmal vornüber ... direkt in meine Arme.

Langsam hob Alex den Kopf und blickte mich an. Strähnen hingen ihr ins Gesicht und unsere Nasen war nur Millimeter voneinander entfernt. Wir zitterten beide, aber ich versuchte mir einzureden, dass dies von der Kälte und den feuchten Klamotten kam.

»Gut gefangen!«, sagte sie und errötete.

»Nun, ich bin nicht umsonst Wide Receiver!«

»Stimmt. He! Ich hoffe, das war keine Anspielung auf mein Gewicht oder so!« Sie löste sich aus meiner Umarmung und hob eine Augenbraue.

»Sicher nicht! Aber du kannst froh sein, dass ich keinen Freudentanz vollführe und dich wie einen Football begeistert auf den Boden schleudere!«

Sie klopfte mir kameradschaftlich auf die Schulter und lief zur Tür. »Bis gleich«, sagte sie und lief nach draußen.

Als sie gegangen war, ging ich schwer mit mir ins Gericht. Was fiel mir eigentlich ein, mit ihr gemeinsam zu essen? Die Situation hätte aus einem Lehrbuch »Wie verhalte ich mich, wenn ich mir ein Mädchen angeln will?« stammen können. Es war ausgemacht, dass wir uns von allem Weiblichen fern halten wollten – und Alex war so etwas wie eine goldene Messlatte, was dieses Weibliche anging.

Das ist gar keine richtige Verabredung, redete ich mir ein, während ich vorsichtig durch die Küche schlurfte. Es ist einfach … ein kostenloses Mittagessen. Außerdem hatte sie mir ja selbst erzählt, dass ihr kleiner Bruder total auf mich abfuhr. Ich würde das Kind ein wenig aufheitern, sozusagen eine gute Tat vollbringen.

Ich zog mich rasch um, kämmte mir die Haare und lief hinüber zu Alex' Wohnung. Es war schon kurz vor zwölf, und ich befürchtete, dass Devin jede Sekunde auftauchen würde. Das war aber zum Glück nicht der Fall.

»Komm rein«, rief Alex, nachdem ich an ihre Tür geklopft hatte.

Ich ging in die Wohnung und folgte dem einladenden Duft in die Küche. Mir lief das Wasser im Mund zusammen. Der Tisch war bereits gedeckt, und Alex stellte gerade eine Platte mit einem köstlich aussehenden Reis-mit-Hühnchen-Gericht auf den Tisch.

»Hallo!«, begrüßte mich Gabriel. »Willst du meine neuen Schuhe sehen? Sie haben Luftpolster in den Sohlen – das sind die, mit denen man so toll springen kann. Ich hab auch ein paar coole, schwarzweiße Turnschuhe gesehen, Großmutter meinte allerdings, die wären zu teuer. Aber die, die ich jetzt habe, sind auch klasse, obwohl sie keine Blinklichter an den Seiten haben.«

Der Junge redete schneller, als ich ihm folgen konnte. Ich mochte ihn trotzdem.

»Auf ihr beiden, kommt jetzt zum Essen, bevor alles kalt wird«, befahl Alex.

Wir setzten uns hin und fingen an zu essen. Zumindest ich. Gabriel plapperte einfach weiter und erzählte von dem Einkaufszentrum, von seinem Freund Tony, der sein Augenlid nach außen klappen kann, und davon, wie es Hunden gelingt, mit ihrer Nase Krabben aufzuspüren. Dann dachte er laut darüber nach, ob in Disneyland, dort, wo man mit dem Boot zu den »Piraten der karibischen See« fährt, ein echter Schatz versteckt ist.

»He, Sean!« Gabriel erzählte weiter, ohne Luft zu holen. »Weißt du eigentlich, dass Alex, als sie klein war, Angst vor Clowns hatte? Sie hat tatsächlich geschrien, wenn im

Zirkus welche auftraten. Und sie hat immer ›Santa Clock‹ gesagt statt ›Santa Claus‹. Und außer Käse-Crackern hat sie nichts gegessen.«

»Schluss jetzt! Genug, Gabriel!«, rief Alex. »Hör jetzt endlich auf zu reden und iss! Sonst hast du nachher keine Puste mehr, um Sean von all deinen Schandtaten zu berichten!«

Gabriel verdrehte die Augen, dann führte er seine Gabel zum Mund.

»Das schmeckt wirklich toll!«, stellte ich fest. »Meine Mom kocht ja auch immer mal wieder ein Gericht mit Reis und Hühnchen, aber das ist nicht so würzig. Wie heißt das denn?«

»Arroz con pollo.«

»Oh. Ach so.« Der Name des Gerichts klang so exotisch, wie es schmeckte. »Und was heißt das?«

»Reis mit Hühnchen.« Alex kicherte.

»Ähm.«

»Mein Großvater hatte früher Hühner«, warf Gabriel ein. «Er hatte einen Bauernhof und wir haben ihn dort besucht. Ich durfte auf seinem Schoß sitzen, wenn er mit dem Traktor fuhr, und auf seinem Grundstück gab es einen Teich, wo wir angeln konnten. Einmal habe ich sogar einen Fisch gefangen. Aber ich mag keinen Fisch, und du? Der stinkt immer so. Und einmal hatte ich eine Gräte verschluckt und musste ganz schrecklich husten. Mommy hat geschrien, und Alex hat behauptet, dass ich ganz rot im Gesicht gewesen bin.«

Gabriel redete ununterbrochen weiter und Alex zwinkerte mir aufmunternd zu. Ich lächelte zurück, um ihr klar zu machen, dass ich alles völlig in Ordnung fand.

Während ich dabei war, mir den Teller schon zum dritten Mal zu beladen, verdrückte Gabriel gerade mal seine erste Portion – und das auch nur, weil Alex ihn immer wieder ans Essen erinnerte. Als er verkündete, dass er nun satt sei, stand ich auf und begann, die Teller und Gabeln abzuräumen.

»He, was machst du da?«, fragte Gabriel.

»Ich räume ab. Deine Schwester hat mir vorhin geholfen und jetzt bin ich dran!«

»Ich hab doch vorhin nur Spaß gemacht«, sagte Alex. Sie stand auf und wollte mir die Teller aus den Händen nehmen. »Du musst hier gar nichts machen.«

»Aber ich will!«

»Aber du bist zu Besuch hier.«

»Na und?«

»He Sean, möchtest du meine Football-Sammelkarten sehen?«, fragte Gabriel und zerrte an meinem Ellenbogen. »Bitte! Ich hab ganz viele, aber Jerry Rice habe ich noch nicht.«

»Klar – sobald wir hier fertig sind!«

»Geh schon«, sagte Alex und nahm mir die Teller ab. »Ich stelle sie sowieso nur in die Spülmaschine. *Ich* weiß nämlich, wie man die benutzt!«

Autsch, das saß.

Ich ging mit Gabriel in sein Zimmer und bewunderte gebührend seine Sammlung. Er hatte nur ein paar Dutzend, aber er hielt mir jede einzelne Karte unter die Nase und ratterte den Namen und die Daten eines jeden Athleten herunter, als ob mir das alles völlig neu wäre.

»Der Typ hier ist auch ein Wide Receiver«, sagte Gabriel. »Guck mal, wie hoch der werfen kann!« Er reichte mir eine Karte. Sie zeigte Alwin Harper, der gerade einen Ball über die Ziellinie warf. »Kannst du das auch?«

»Manchmal. Wenn ich gut in Form bin.«

»Vielleicht können wir uns ja mal zusammen ein Spiel anschauen. Für die Spiele der Raiders und der Chargers gibt's Sonderangebote – aber die Rams spielen nicht mehr hier.«

»Gabriel!« Alex stand plötzlich in der Tür. Besorgt betrachtete sie erst Gabriel, dann mich. »Ich möchte … äh, ich möchte, dass du den Müll runterträgst.«

»Oh Mensch. Kann ich das nicht nachher machen?«

»Nein. Na los, mach es jetzt gleich. Nachher vergisst du es nur wieder und dann gibt's Ärger.«

»Warum muss ich immer dann so blöde Sachen für dich erledigen, wenn ich gerade jede Menge Spaß habe?«, jammerte er und stapfte zur Tür.

»Du, Gabriel«, rief ich ihm nach. »Ich muss sowieso gleich gehen. Aber danke, dass du mir deine Karten gezeigt hast. Du hast eine tolle Sammlung.«

»Danke! Bis demnächst, okay?«, sagte er, dann verschwand er im Treppenhaus.

»Hör zu, Sean«, begann Alex leise. Ihr Ton war ernst und bestimmt. »Sei vorsichtig mit dem, was du zu Gabriel sagst. Ich finde es klasse, dass er dir so bereitwillig alles erzählt. So war er schon lange nicht mehr.« Einen Moment lang blickte sie schweigend im Zimmer umher. Tränen standen ihr in den Augen. »Aber du bist nur zu Besuch hier. Versprich also nichts, was du nicht halten kannst. In Ordnung?«

Ich war völlig von den Socken; in ihrer Stimme lag unglaublich viel Gefühl. Ich folgte ihrem Blick und bemerkte, dass er auf einem gerahmten Foto hängen blieb, das auf Gabriels Nachttisch stand. Das Foto zeigte einen älteren Mann mit angegrautem Haar, der genau die gleichen auffälligen Augen hatte wie Alex.

»Mach dir keine Sorgen«, sagte ich und konnte mich nur mühsam beherrschen, sie nicht in den Arm zu nehmen. »Ich weiß, dass ich ihm nicht das Blaue vom Himmel versprechen kann. Ich bin schließlich nur zwei Wochen hier, und wir Männer haben eine Menge vor – Onkel Gary, mein Freund Devin und ich.«

Sie blickte mir verwirrt in die Augen. »Äh – natürlich. Na ja, vielleicht bekommen wir dich ja wenigstens hin und wieder zu Gesicht.«

Wieder fühlte ich, wie es mich innerlich zerriss. »Vielleicht. Bestimmt laufen wir uns auch mal im Flur über den Weg. Außerdem muss ich dir sowieso noch deinen Pfannenwender zurückgeben. Aber erst, wenn ich Onkel Garys Küche wieder einigermaßen gefahrlos betreten kann.«

Sie lachte und schüttelte den Kopf. Obwohl ihr Haar in der Zwischenzeit getrocknet war, glänzte es, als ob es noch feucht wäre. Ich wandte meinen Blick von ihr ab, um nicht wieder weiche Knie zu bekommen und lief zur Eingangstür.

»Danke, dass du mir vorhin geholfen hast. Und danke für das Mittagessen. Das war einsame Spitze!«, rief ich ihr über die Schulter zu.

»Gern geschehen.«

Als ich meine Hand auf den Türknauf gelegt hatte, drehte ich mich ein letztes Mal um: »Also dann – man sieht sich!«

»Ja – bis dann.«

Ich saß in Garys Wohnung und versuchte, endlich nicht mehr daran zu denken, wie Alex zitternd in meinen Armen gelegen und mir schüchtern in die Augen geblickt hatte. Schon allein bei dem Gedanken, in die Küche zu gehen, sah ich sie wieder vor mir.

Als Devin schließlich vom Joggen zurückkam (Ich hätte wetten können, dass der Typ bis nach San Francisco und wieder zurück gerannt war), schlug ich vor, dass wir eine Weile den Hafen unsicher machen könnten. Aber er sagte, dass er Kopfschmerzen habe und erst mal ein Nickerchen machen wolle.

Ich lümmelte auf der Couch, schaute mir eine Talkshow im Fernsehen an und dachte über Alex nach, als Gary nach Hause kam.

»Hi Sean! Ich hab dir doch gesagt, dass ich heute früher nach Hause kommen würde. Habt ihr Lust auf Pizza? Es gibt in der Stadt einen Laden, da gibt's eine super Schinken-Ananas-Pizza!«

»Find ich gut!« Ich war dankbar, dass er mich aus meinen Gedanken riss. »Aber wir müssen warten, bis Dev aufwacht. Er hat sich schlapp gefühlt und erst mal hingelegt.«

»Devin schläft? Hm. Anscheinend habt ihr euch prächtig amüsiert und den Hafen unsicher gemacht, während ich schuften musste.« Gary lief in die Küche, nahm ein Glas aus dem Schrank und öffnete den Kühlschrank. Plötzlich hielt er inne. Er blickte auf den Boden, dann drehte er sich langsam um.

»Hat hier jemand den Boden geputzt?«, fragte er.

Panik überfiel mich. Ich wusste nicht, was ich darauf antworten sollte. »Äh … ja. Ich. Es war nötig, und ich hab mir gedacht, mich auf diese Art für deine Gastfreundschaft revanchieren zu können. Außerdem ist deine Putzfrau ziemlich lahm. Hier sah es aus, als ob seit Wochen niemand richtig sauber gemacht hat.«

»Äh … ja«, erwiderte Gary. Er sah aus, als dächte er an etwas völlig anderes. »Du hast Recht. Ich habe mir auch schon überlegt, dass ich wohl besser eine andere Firma beauftrage.«

Ich nickte und war froh darüber, dass wir das Thema gewechselt hatten.

»Also, danke fürs Putzen«, stellte Gary fest. »Aber Moment – ich habe überhaupt keinen Mopp. Wie hast du denn überhaupt den Boden putzen können? Etwa auf allen vieren?«

Vor meinem geistigen Auge spielten sich in Zeitlupe die Ereignisse des Vormittags ab. »So ähnlich …«, murmelte ich.

Am nächsten Morgen traf ich mich wieder mit Holly, um mit ihr zu joggen. Wir hatten uns wieder am Strand verabredet und machten ein paar Dehnübungen (diesmal hielten wir aber einen ausreichenden Sicherheitsabstand ein), dann liefen wir in Richtung Pier. Ab und zu unterhielten wir uns über die Gegend oder machten eine Bemerkung, wenn uns irgendetwas auffiel. Aber die meiste Zeit rannten wir einfach nur nebeneinanderher. Ziemlich überrascht stellte ich fest, wie gut wir harmonierten. Wir liefen im gleichen Takt, wie Spielzeuge, die man gleichzeitig aufgezogen hatte.

Doch so gut mir Hollys Gesellschaft tat, ich hatte mir geschworen, heute nicht im Café herumzuhängen und mich mit ihr zu unterhalten. Ich machte mir Sorgen um Sean. Er hatte in den letzten beiden Tagen nur vor der Glotze gesessen. Ich wusste nicht mal, ob er überhaupt einen Fuß vor die Wohnungstür gesetzt hatte. Und als ich ihn gestern Abend damit aufgezogen hatte, dass sein Haar in alle Richtungen abstand und es dabei angefasst hatte, hatte es sich ganz steif und klebrig angefühlt – so, als ob er geduscht und dabei vergessen hätte, sich das Shampoo rauszuwaschen. Ich konnte zwar nachvollziehen, dass er noch immer sauer auf Jo Beth war, aber so langsam fing ich an, mir ernsthaft Sorgen zu machen. Hoffentlich wurde er nicht depressiv.

Ich bezweifelte zwar, dass er tatsächlich irgendwelche Dummheiten machen würde – dafür ist Sean viel zu hart im Nehmen –, aber vielleicht hatte ihn die ganze Sache doch viel mehr mitgenommen, als er zugab.

»Du siehst heute schon viel besser aus«, sagte Holly, als wir am Strand entlangliefen. »Hast du gut geschlafen?«

»Ja.«

»Gut gefrühstückt?«

»Ja, Mami.«

»Was hast du gegessen?«

»Waffeln.«

»Igitt! Sonst nichts? So schlecht ist es um deine Kochkünste bestellt? Machst du dir nicht ab und zu mal ein Ei oder ein Vollkornmüsli?«

»Nun, schließlich bin ich nur zu Besuch hier, und beim Kofferpacken habe ich doch glatt meine Lieblingshaferflocken vergessen. Und weißt du was? Garys Wohnung hat nicht einmal einen Zimmerservice. Sollte ich mich deshalb im Rathaus beschweren, was meinst du?«

»Hör auf mit dem Quatsch!«, sagte sie. »Wie wär's, wenn ich einfach mal vorbeischaue und selbst einen Blick in die Wohnung werfe? Wir könnten zusammen frühstücken, bevor wir joggen. Ich mache ziemlich gute Omeletts!«

»Ähm, ja ... ich weiß nicht. Das klingt ziemlich gut, aber ... weißt du, die Wohnung ist wirklich nicht so toll. Wenn ich ehrlich bin, ist sie sogar ziemlich scheußlich. Der

Onkel meines Freundes, dem die Wohnung gehört, ist ein typischer Junggeselle. Er hat kaum irgendwelche Möbelstücke und so gut wie keine Küchenutensilien.« Ich holte tief Luft und fuhr mir mit der Hand durch die Haare. »Und außerdem ... nun ja, geht's meinem Freund nicht so richtig gut. Es ist besser, wenn wir ihn in Ruhe lassen.«

»Schon gut. Du hast sowieso schon gesagt, dass er gern ausschläft.«

»Ja. Das kommt von den ganzen Medikamenten, die er nehmen muss.«

»Oje, das klingt gar nicht gut. Ich hoffe, er ist nicht ernsthaft krank.«

»Es geht ihm schon wieder viel besser. Er muss sich einfach nur noch ein paar Tage ausruhen.«

»Jetzt kapier ich auch, weshalb du immer alleine hier auftauchst. Dein Freund ist bestimmt total genervt, ausgerechnet im Urlaub krank zu sein.«

»Ja.«

Wir waren jetzt nur noch ein paar Schritte vom Pier entfernt. Holly fiel in Schritttempo und sagte: »Es macht richtig Spaß, mit dir zu joggen. Die Zeit vergeht viel schneller.«

»Wir joggen wirklich prima zusammen.«

»Ja. Bisher ist es mir nicht gelungen, jemanden zu finden, mit dem ich joggen kann. Wade hat es nicht geregelt gekriegt.« Sie runzelte die Stirn. »Nein, ich glaube, dass Angeln *der* Sport für den guten alten Wade wäre. Er ist wirklich gut darin, andere Leute um den Finger zu wickeln.«

Ich konnte den Typ nicht ausstehen, obwohl ich ihn noch nie getroffen hatte. Ich hasste sogar seinen Namen.

Wade. Er schien vom gleichen Schlag zu sein wie Brad Culpepper – so ein aalglatter Typ, der bei Mädchen gut ankommt, sie aber ziemlich schäbig behandelt.

»Ich bin wirklich froh, dass du mir vom Joggen am Strand erzählt hast«, sagte ich und versuchte, das Thema zu wechseln. »Das macht viel mehr Spaß, als auf dem Asphalt entlangzugaloppieren.«

»Ja. Aber ich muss dir etwas gestehen: Ich habe keine Ahnung, wie man es schafft, dass man hinterher nicht tonnenweise Sand in den Schuhen hat. Nach einer Weile juckt es ziemlich.« Sie zog ihren linken Fuß auf den Pier und rollte ihre Socken nach unten, um sich kratzen.

»Was ist das denn?«, fragte ich und deutete auf ihren Fuß. Genau über ihrem Knöchel befand sich ein Tattoo – eine Schildkröte.

»Was? Ach das. Das habe ich mir machen lassen, als ich letzten Sommer in San Francisco Freunde besucht habe. Ich sammle Schildkröten. Schon seit ich ein kleines Mädchen war, haben mich Schildkröten fasziniert. Ich habe dutzende davon zu Hause – mein ganzes Zimmer ist voll gestopft damit.«

»Echte Schildkröten?«

»Nein. Plüschtiere und kleine Steinfiguren und Glücksbringer für mein Halskettchen. Nicht zu vergessen die Schildkröte, die auf meinem Bein verewigt ist. Dad war davon nicht sonderlich begeistert.«

Ich betrachtete das Tattoo genauer. Eigentlich war ich der Ansicht, dass Tattoos was für Seeleute und für masochistisch veranlagte Menschen waren. Aber dieses hier stand Holly ausgezeichnet – es war so was wie ein Diamant, der ihrem makellosen Bein einen zusätzlichen Glanzpunkt verschaffte.

Wir dehnten uns ein wenig, dann liefen wir zum Café. Holly begann mit den üblichen Arbeiten. Ich half ihr, die Zuckerstreuer aufzufüllen, Kaffeebohnen in die riesige Kaffeemühle zu füllen und einen riesigen Behälter mit Süßstoffpäckchen vom obersten Regalbrett zu holen.

»He! Beinahe hätte ich vergessen, es dir zu sagen!«, rief Holly mir vom Tresen zu, während sie eine neue Kassenrolle in die Registrierkasse einlegte. »Heute Abend findet eine riesige Beach-Party statt. Bowman hat mir davon erzählt. Die wird bestimmt klasse. Magst du mitkommen? Vielleicht wird die Party ja auch zu deinem einzigartigen Erlebnis?«

»Ich hätte schon Lust, aber ich kann nicht.« Mein Gott, ich hatte wirklich verdammt große Lust. »Es tut mir Leid. Aber ich muss zurück und mich um Sean kümmern.«

»Ach so, ja. Nun, kannst du mir vielleicht wenigstens deine Telefonnummer geben? In den nächsten Tagen finden eine ganze Menge Veranstaltungen statt – schließlich ist Weihnachten. Vielleicht hast du ja Lust, mit deinem Freund irgendwo hinzugehen – wenn es ihm wieder besser geht.«

»Ich, ähm, würde gern ... aber leider funktioniert das Telefon in Garys Wohnung nicht.«

»Tatsächlich?«

»Ja. Wir sind alle ziemlich genervt, weil die Telefongesellschaft meinte, dass es noch ein paar Tage dauern würde, bis alles repariert ist.« Ich wunderte mich darüber, wie einfach mir die vielen Lügen inzwischen über die Lippen kamen.

»Wow«, sagte sie und kratzte sich am Kopf. »Vor ein paar Tagen hatten wir hier ein kleineres Erdbeben. Vielleicht hat es damit ja was zu tun?«

Ich zuckte mit den Schultern. »Keine Ahnung. Aber warum gibst du mir nicht einfach deine Telefonnummer? Ich kann dich ja von einer Telefonzelle aus anrufen.«

»Klar.« Sie nahm eine Serviette aus dem Serviettenspender und kritzelte ein paar Zahlen darauf. Dann schob sie die Serviette über die Theke. »Ich weiß, dass du ziemlich viel um die Ohren hast, aber vielleicht können wir uns doch mal treffen – wieder zum Joggen oder so.«

»Ja, das wäre super!« Ich faltete die Serviette zusammen und steckte sie in die Tasche. »Ich gehe jetzt besser.«

»Jetzt schon? Ach, komm schon. Nimm dir wenigstens noch Zeit für einen Orangensaft – zumal du eh nicht richtig gefrühstückt hast.«

Ich lächelte. »Okay. Aber diesmal bezahle ich dafür.« Ich öffnete meinen Geldbeutel, um ein paar Dollarnoten herauszuangeln.

»Oh. Wer ist denn das? Sie sieht toll aus!« Holly streckte sich und betrachtete mein geöffnetes Portmonee. Tasha grinste uns von einem Foto entgegen. Ich hatte vergessen, es herauszunehmen.

»Äh … niemand. Einfach nur eine Bekannte.«

»Wirklich?«, fragte sie mit einem verschmitzten Grinsen. »Zeig mir doch mal die Rückseite. Ich wette, dass da was draufsteht!«

Sie hatte Recht. Tasha hatte darauf gekritzelt: Für mein Rotbäckchen – tausend Küsse, dein Häschen (ein Kosename, den sie sich ausgedacht hatte – ich hatte es nur nie fertig gebracht, sie so zu nennen). Ich wollte auf gar keinen Fall zulassen, dass Holly das zu lesen bekam – was würde sie dann von mir denken?

»Komm schon. Zeig's mir doch!«, bat sie und zog an meinem Geldbeutel.

»Nein. Was machst du da – willst du mich etwa berauben?«

»Sieh an, wie niedlich! Du bist ja ganz rot im Gesicht!«

So viel dazu, lässig und locker zu wirken! Ich fühlte selbst, wie meine Wangen glühten. Ich hasste mich dafür. Immer wenn ich mich aufregte, schoss mir die Röte ins Gesicht. Tasha hatte das auch »niedlich« gefunden. Vielleicht hatte sie mir ja deshalb den Spitznamen gegeben.

Der Gedanke an Tasha ließ all den Frust der vergangenen Wochen wieder in mir aufsteigen. Ohne es eigentlich zu beabsichtigen, schubste ich Hollys Arm kräftig weg. Dabei stieß sie sich ihr Kinn an der Theke heftig an.

»Au!«, schrie sie auf. Sie war schockiert.

»Oh! Tut mir Leid!«, stieß ich aus und vergaß meinen Ärger. Ich beugte mich zu ihr und strich ihr übers Kinn. »Ist alles in Ordnung? Ich wollte dir wirklich nicht wehtun! Es war nur …«

»Tut mir auch Leid, Devin!«, sagte sie und legte mir ihre Hand auf den Arm. »Ich hätte dich nicht aufziehen sollen. Ich war ziemlich gemein. Wahrscheinlich war ich einfach nur neugierig und habe die Beherrschung verloren.«

»Ich hätte ja auch nicht so heftig reagieren müssen.«

»Vielleicht hättest du gar nicht so heftig reagiert, wenn ich dir nicht zu nahe getreten wäre.«

»Ja, aber vielleicht sollte ich alles nicht so persönlich nehmen!«

»Vielleicht.« Sie grinste mich über den Tresen hinweg an, und ihre grünen Augen strahlten wie die Lichter einer Verkehrsampel. Nur zu!, schienen sie zu sagen.

Ich beugte mich nach vorne und zog ihr Gesicht ganz vorsichtig näher zu mir. Gerade als sich unsere Lippen beinahe berührten, wurde die Eingangstür aufgerissen. Vor Schreck sprangen wir beide hoch.

»Mensch, wird das heiß heute!«, verkündete der Neuankömmling. Er war unglaublich groß und dünn. Seine langen blonden Haare hatte er zu einem Pferdeschwanz zusammengebunden, und er trug ein witziges Ziegenbärtchen; außerdem ein weites, schlabberiges T-Shirt, Baggy-Shorts und Sandalen, die noch aus biblischen Zeiten hätten stammen können.

»Was ... was hast du gerade gesagt, Bowman?«, fragte Holly. Diesmal war sie diejenige, die errötete.

Er blickte erst zu mir, dann wieder zu Holly. »Ich hatte es vom Wetter, was denn sonst? Findest du nicht auch, dass es heute affig heiß ist?«

»Ach so, ja.« Holly fand ihre Fassung wieder. »Es ist toll draußen.«

»Endlich!« Bowman lief zum Tresen. »Das ist auch viel besser so. Schließlich sind wir hier in Kalifornien! Ich liebe dieses Wetter, Mann!«

Er stand direkt neben Holly und sein Kopf schnellte im Takt eines imaginären Songs auf und nieder.

»Äh … Bowman? Ich möchte dir Devin vorstellen.«
Holly zeigte auf mich.

»Hallo«, sagte ich.

»Yeah«, antwortete Bowman. Er zeigte mit dem Finger auf mich und lächelte. »Ich mag diesen Kerl!« Dann drehte er sich um und lief in das Hinterzimmer.

»Wie kann er so etwas nur sagen?«, flüsterte ich. »Er kennt mich überhaupt nicht.«

Holly zuckte mit den Schultern. »Bowman behauptet, dass er die Menschen richtig einschätzen kann, wenn er sie nur eine Sekunde gesehen hat. Irgendwie fühlt er ihre Aura oder er nimmt Schwingungen wahr, die von ihnen ausgehen. So ähnlich jedenfalls.«

»Oh.« Wahrscheinlich überschätzte er sich mächtig. Ich warf einen Blick auf meine Uhr. »Nun, ich muss jetzt los.«

»Musst du wirklich? Ich hatte gehofft, wir könnten noch – na ja – uns noch ein bisschen unterhalten.«

»Das würde ich auch gern, aber ich muss jetzt wirklich gehen. Mein Freund und ich … also wir müssen noch was tun.« Zum Beispiel Popcorn essen und irgendwelche Fernsehserien anschauen, dachte ich grimmig.

»Weißt du was?«, fragte sie und stellte mir ein Glas Orangensaft hin. »Manchmal bist du mir wirklich ein Rätsel, Devin.«

Na, also!, dachte ich und lächelte ihr zu. Es funktioniert!

Ich hatte gerade den Türknauf von Garys Wohnung in der Hand, als die Tür aufgerissen wurde. Mit weit aufgerissenen Augen stand Gary vor mir und blickte erschrocken drein.

»Ach, Devin«, sagte er. »Du bist es.«

»Hallo Kumpel!«, begrüßte mich Sean von der Couch aus, als ich ins Zimmer kam. »Du bist heute aber früh zurück. Du scheinst schneller zu werden, nicht wahr?«

»Äh, ja. Ein bisschen«, antwortete ich und suchte in seinen Augen nach einem Anflug von Sarkasmus. »Außerdem bin ich heute nicht so weit gejoggt.«

»Heute ist ein herrlicher Tag. Ich habe Sean gerade vorgeschlagen, dass ihr ein bisschen am Pier entlangbummeln und die kalifornische Sonne genießen solltet.« Gary deutete zur Tür.

»Am Pier entlang?«, echote ich.

»Ja, warst du da schon? Da ist es wirklich schön! Komm, lass uns losziehen!«

»Aber – meinst du nicht, dass du dein Bein noch etwas schonen solltest?«

»Nein, das geht schon wieder«, antwortete Sean.

»Eigentlich bin ich gerade von einem anstrengenden Dauerlauf zurückgekommen. Ich weiß nicht, ob ich schon wieder so fit bin.«

Sean musterte mich erstaunt und zog seine Augenbrauen nach oben. »Wenn du meinst – wir können ja auch eine Stunde warten und dann losgehen. Mach dir keine Sorgen, wir lassen es schon locker angehen – nur ein bisschen bummeln, vielleicht eine Tasse Kaffee trinken …«

»Nein!« Gary und ich schrien gleichzeitig auf. Wir tauschten erstaunte Blicke.

»Es ist nur so, nun ja – ich muss euch beide gleich aus der Wohnung werfen«, begann Gary. »Die Putzfrau wird gleich vorbeikommen und wir sollten ihr nicht im Weg rumstehen.«

»Ach so. Kein Problem, Gary. Warum hast du das nicht gleich gesagt? Ich bin froh, dass du jetzt endlich auch bekommst, wofür du bezahlst!« Sean erhob sich von der Couch und reckte seine Arme. »Am besten, wir gehen ein paar Stunden an den Strand. Wir könnten ein bisschen Farbe vertragen!«

»Das klingt gut!« Ich war erleichtert, dass er nicht auf seinem Vorschlag bestand, am Pier entlangzubummeln. Das hätte in einer Katastrophe enden können! Ich malte mir aus, wie wir im *Blinkers* eine Tasse Cappuccino trinken würden. Holly würde mich beim Namen nennen und auf unsere morgendlichen Treffen zum gemeinsamen Joggen anspielen. Sean würde natürlich sofort begreifen, dass ich unseren heiligen Pakt verletzt hatte und mich nach Saddle Pass zurückschicken – allerdings ohne Flugticket!

Wir packten eine Decke, ein paar Limonadedosen und einige Zeitschriften ein, dann liefen wir an den Strand. Dort angekommen, zog ich meine Joggingschuhe aus und war überrascht, wie warm sich der Sand anfühlte.

»Prima hier, oder?« Sean breitete seine Arme aus und atmete tief ein. »Ich wette, dass zu Hause alle im Mantel rumlaufen und die Wasserhähne nachts vor sich hin tröpfeln lassen, damit die Leitungen nicht einfrieren.«

Wir gingen noch ein bisschen am Strand entlang, dann breiteten wir die Decke aus. Die Leute liefen in kurzen Hosen oder Badeanzügen herum. Ich konnte nicht glauben, dass in drei Tagen Weihnachten war.

Während ich las, hatte Sean seinen Kopf in die Hände gestützt und starrte aufs Meer. Er schien über irgendetwas zu brüten. Bestimmt dachte er noch immer über die Sache mit Jo Beth nach. Warum konnte er sie nicht einfach vergessen? Wahrscheinlich hatte er in seinem ganzen Leben noch nie eine Niederlage einstecken müssen. Anscheinend brachte die Sache sein ganzes Weltbild ins Wanken.

»Hallo!«, ertönte eine Stimme hinter uns.

Ich blickte hoch und sah die Gestalt zweier Frauen, deren Silhouetten sich im Gegenlicht abzeichneten. Eine der beiden sah schwanger aus.

»Oh, hallo«, antwortete ich und wunderte mich, woher sie wohl gekommen waren.

Die beiden Gestalten liefen um unsere Decke herum und stellten sich vor uns. Sie mussten so ungefähr in unserem Alter sein. Beide trugen unglaublich knappe Bikinis, und die, die ich für schwanger gehalten hatte, trug einen Volleyball in den Händen.

»Ich heiße Michelle«, sagte die im orangefarbenen Bikini.

»Und ich heiße Daria«, sagte die Frau in Pink.

»Nett, euch kennen zu lernen. Ich heiße Devin.« Ich blickte zu Sean und wartete darauf, dass er sich ebenfalls vorstellte. Stattdessen starrte er einfach nur weiter vor sich hin. »Hm, und das ist Sean.«

»Du hast aber einen tollen Akzent«, kreischte Michelle. »Woher kommt ihr? Aus Texas?«

»Oklahoma«, verbesserte ich.

»Wir versuchen gerade, ein paar Leute für eine Runde Volleyball zusammenzutrommeln«, sagte Daria zu Sean. Sie bohrte dabei mit ihrem großen Zeh im Sand herum und beäugte ihn mit einem aufreizenden Blick – einem Blick von der Sorte, wie er ihn oft von Mädchen zugeworfen bekommt. »Habt ihr Lust?«

»Nein«, antwortete er kurz angebunden.

»Habt ihr vielleicht Lust mit ins Wasser zu kommen?«, fragte Michelle.

»Nein! Mein Freund und ich wollen einfach nur hier rumliegen und in Ruhe gelassen werden. Habt ihr verstanden?«

»Schon gut!«, zischte Daria. »Aber das ist noch lange kein Grund, sich so aufzuführen. Hast du irgendein Problem?«

»Ja genau, ihr seid mein Problem!«, antwortete Sean böse, als die beiden außer Sichtweite waren.

Ich war fassungslos. Sean hatte tatsächlich zwei junge, gut aussehende Mädchen ziemlich unfreundlich vor den Kopf gestoßen!

»Meine Güte, Sean! Die beiden wollten einfach nur nett sein.«

»Mensch, nirgendwo kann man hingehen, ohne dass einen irgendwelche Mädchen anmachen und belästigen«, schimpfte er.

Das mag für dich gelten, dachte ich.

»Warum sind die Leute so besessen von dem Gedanken, einen Freund oder eine Freundin zu finden?«, motzte Sean weiter. »Heute Morgen zum Beispiel. Ich habe den Fernseher angeschaltet und die ganzen Talkshows hatten alle nur ein Thema – ob man seiner großen Liebe im Supermarkt begegnen kann, wie man sich am besten einen Liebhaber angelt oder warum manche Männer viel zu viele Frauen lieben. Mann, da kommt einem doch das große Kotzen.«

»Mmmm«, antwortete ich und versuchte, Bedauern zu zeigen.

»Wenn wir wirklich wollen, dass unser Plan funktioniert, dann müssen wir ein paar wichtige Regeln aufstellen!«, verkündete er.

»Was für Regeln?«, fragte ich zögernd.

»Wir dürfen uns nicht mehr an irgendwelchen Orten aufhalten, an denen wir auf Mädchen treffen könnten. Und über Mädchen reden ist auch tabu!«

Na klasse, dachte ich und schaute ihn grimmig an. Wenn wir schon dabei sind, könnten wir ja auch die Farbe Pink verbieten und alles verbannen, das irgendwelche Rundungen aufweist. Sean hatte anscheinend völlig den Verstand verloren.

Ich dachte über Holly nach. Sean würde ausrasten, wenn er davon Wind bekommen würde. Wenn ich also Wert auf meine zwar langweilige, aber sichere Existenz legte, wäre es wohl besser, mich von ihr völlig fern zu halten.

Irgendetwas sagte mir, dass mir das wohl nicht gelingen würde.

Eigentlich wollte ich einfach nur in Ruhe nachdenken. Meine Gedanken waren so verworren, als hätte sie jemand wie die Teile eines Puzzles durcheinander gebracht.

Vor zwei Tagen war ich zum Mittagessen bei Alex. Mir wurde plötzlich klar, dass ich in ihrer Gegenwart immer schwach werden würde. Es stand also fest: Ich zapple wie ein Fisch an der Angel, sobald sie mich mit ihren mandelförmigen Augen anschaut.

Dann, am gleichen Tag, hatten meine Eltern aus Colorado angerufen. Zuerst war meine Mom am Apparat und stellte mir alle möglichen Fragen, wie sie Mütter immer stellen. Ob ich ordentlich esse und auch gut auf mein Knie aufpassen würde. Dann war Dad an der Reihe, und er erzählte mir von seinen Erlebnissen beim Snowboarden. Er prahlte damit, dass es ihm gelungen war, die Piste in einem Rutsch herunterzufahren, ohne auch nur ein einziges Mal hinzufallen.

»Nur leider ist er dabei rückwärts gefahren!«, hörte ich Claires Stimme im Hintergrund.

Dann grabschte Claire nach dem Hörer. Sie schwärmte von dem tollen Pulverschnee auf den Pisten, von dem Essen im Hotel und von der Sauna. Und außerdem würden Devin und ich uns zwar Haustür an Haustür mit den ganzen Hollywood-Stars aufhalten, aber sie sei diejenige, der die echten Filmstars über den Weg laufen würden. So schön seien die Ferien in Veil noch nie gewesen – und ich war tausende von Kilometer von ihnen entfernt, kaute auf einem kalten Pizzastück herum und hatte nichts Besseres zu tun, als irgendwelche Weihnachtssendungen im Fernsehen anzuschauen.

»Oh, und außerdem bin ich heute Jo Beth begegnet«, erzählte Claire weiter.

Ich fühlte mich, als hätte mir jemand kräftig in den Magen getreten. »Tatsächlich?«, antwortete ich und versuchte, so gleichgültig wie möglich zu klingen. Insgeheim hoffte ich ja, Claire hätte sie gesehen, wie sie mit dem Kopf nach unten im Skilift hing.

»Ja. Sie bat mich, dir Grüße auszurichten.«

»Sehr nett. Nun, dann wünsch ihr Hals- und Beinbruch, wenn du sie wieder siehst!«

»Sean«, Claire hörte sich mal wieder sehr altklug an. »Das sagt man zu einem Schauspieler, bevor er auf die Bühne tritt. Nicht zu jemandem, der im Skiurlaub ist!«

Blöde Zicke. Ich meinte es genau so, wie ich es gesagt hatte.

Nachdem ich aufgelegt hatte, fühlte ich mich ziemlich vor den Kopf gestoßen. Jo Beth amüsierte sich prächtig, und mir ging es hier nicht besser als zu Hause. Plötzlich wurde mir bewusst, dass ich meinem Plan noch keine Gelegenheit gegeben hatte, positiv zu wirken. An meinem ersten Morgen hier in Kalifornien war mir Alex über den

Weg gelaufen, und seitdem war ich nicht mehr in der Lage, vernünftig zu denken.

Eigentlich war alles ganz einfach: Zwei Wochen ohne Frauen, und ich bin wieder in der Lage, einen klaren Gedanken zu fassen. Aber den Frauen aus dem Weg zu gehen gestaltete sich schwieriger, als ich erwartet hatte. Wenn ich mit Devin an den Strand ging, waren wir von Frauen umgeben, und in der Wohnung herumzusitzen – dort, wo Frauen keinen Zutritt hatten – war überhaupt nicht lustig. Das Einzige, was ich dort tat, war, meinen Tagträumen nachzuhängen.

Bevor Devin duschen ging, sagte er, dass er heute nicht joggen gehen würde. Wir könnten also ins Kino gehen. Ich war gerade dabei, die Zeitung durchzublättern, um die Kino-Inserate zu sichten, als es an der Tür klopfte. Ich öffnete. Gabriel stand vor mir und grinste breit.

»Hast du Lust, mit uns nach Dizzyland zu gehen?«, fragte er.

»Disneyland?«

»Nicht Disneyland – Dizzyland! Es ist kleiner, aber dafür gibt's dort viel mehr Achterbahnen. Alex hat versprochen, mit mir hinzugehen, weil ich ihr so fleißig geholfen habe. Hast du Lust?«

Im Hintergrund konnte ich hören, dass Devin die Dusche abgedreht hatte. Er würde bestimmt in jeder Minute herauskommen.

»Vielen Dank. Aber ich glaube nicht. Ich habe heute schon was vor.«

»Och, komm schon. Bitte! Wir bleiben auch nicht wirklich lange. Es macht nämlich keinen Spaß, alleine mit Alex dort hinzugehen – sie hat viel zu viel Angst. Aber du hast bestimmt vor gar nichts Angst – nie!«

Devin pfiff im Badezimmer vor sich hin. Was sollte ich ihm sagen, wenn er Gabriel dort stehen sah? Ich würde ihm erklären müssen, wie wir uns kennen gelernt hatten. Dann müsste ich auch Alex erwähnen. Ich wusste nicht, wie ich Gabriel am schnellsten loswerden konnte. Schließlich konnte ich ihm ja nicht einfach die Tür vor der Nase zuknallen.

»In Ordnung. Ich komme mit. Aber nicht zu lange.«

»Klasse!«, jubelte er.

»Ich mach mich schnell fertig, dann komme ich rüber. Okay?«

»Okay«, sagte er und rannte in seinen neuen Turnschuhen über den Flur. »Bis gleich!«

Gerade als ich die Eingangstür schloss, kam Devin aus dem Badezimmer heraus.

»Hat jemand geklopft?«, fragte er.

»Äh … ja. Irgend so eine Wohltätigkeitsorganisation, die sich um bedürftige Kinder kümmert. Ich habe ihnen ein paar Dollars gegeben.« Wenigstens steckte ein Körnchen Wahrheit in meiner Aussage.

»Das klingt ja richtig barmherzig. Du scheinst ziemlich in Weihnachtsstimmung zu sein.« Devin musterte mich skeptisch. »Also, schieß los. Was machen wir heute?«

»Hör zu, Devin«, sagte ich. »Ich muss heute früh noch etwas erledigen. Können wir nicht heute Nachmittag etwas zusammen unternehmen?«

»Äh … klar doch. Kein Problem. Was hast du vor?«

»Das kann ich dir nicht sagen.«

Er zog die Augenbraue fragend nach oben.

»Also weißt du«, sagte ich, während ich mir eine Ausrede überlegte. »Ich muss auf den letzten Drücker noch ein paar Weihnachtsgeschenke besorgen – unter anderem auch ein Geschenk für dich. Ich muss also alleine losziehen.«

»Du musst mir aber überhaupt nichts schenken.«

»Weiß ich. Aber ich will.«

Devin starrte mich an, als wäre ich eine dieser mörderischen Matheaufgaben, wie wir sie immer in Klassenarbeiten vorgelegt bekommen. Irgendwie kam es mir so vor, als würden mich in letzter Zeit alle so seltsam anschauen – meine Eltern, Claire, Alex – und manchmal sogar Gary. Ich überlegte, ob mich der ganze Stress tatsächlich so aussehen ließ, wie ich mich fühlte.

»Also dann … bis später.« Ich öffnete die Tür und trat in den Flur. »Wenn ich zum Mittagessen nicht zurück bin, dann nimm dir einfach, was du willst.«

»Gut. Bis später.«

Als ich die Tür hinter mir zuzog, konnte ich noch sehen, dass Devin ziemlich verwundert hinter mir herblickte.

Was fällt dir eigentlich ein?, sagte ich zu mir selbst, als ich an die Eingangstür der Familie Lopez klopfte.

Nicht genug, dass ich sowieso schon ein nervliches Wrack war, nein, jetzt hatte ich auch noch zwei weitere Probleme am Hals: Erstens musste ich es schaffen, die nächsten Stunden mit Alex so zu verbringen, dass sie nichts von meinem inneren Chaos bemerken würde; und zweitens musste ich so schnell wie möglich ein Geschenk für Devin finden – und zwar noch *vor* Weihnachten.

Alex öffnete die Tür und lächelte mich verlegen an.

»Tut mir Leid, Sean. Ich hatte keine Ahnung, dass er sich gleich über den Flur schleicht und dich fragt, ob du mitkommen willst, sobald ich *Dizzyland* nur erwähne. Du musst nicht mitkommen, wenn du nicht willst. Ich weiß selbst, wie gut Gabriel betteln kann, wenn er sich etwas in den Kopf gesetzt hat!«

Alex sah einfach umwerfend aus. Sie trug ein geblümtes Kleid mit Spagetti-Trägern. Alles an ihr war lang und weich. Ihr kurzes Kleid zeigte ihre braun gebrannten Arme und Beine, und ihr Haar fiel ihr sanft über die Schultern und hüllte sie wie ein Umhang ein.

»Aber Sean möchte mitkommen, Alex. Ich habe ihn nicht dazu überredet. Stimmt's, Sean?« Gabriel stand hinter Alex. Sein bettelnder Blick und Alex' Sommerkleid räumten den letzten Zweifel aus.

»Du hast Recht, Gabriel. Ich will mitkommen.«

Ich redete mir ein, dass ich unseren »Ferien-ohne-Frauen-Pakt« gar nicht verletzte. Schließlich hatte ich Alex nicht gefragt, ob sie mit mir ausgehen wollte. Ich tat ja nur Gabriel einen Gefallen. Außerdem macht es bestimmt Spaß, irgendwo hinzugehen und mich ein wenig zu amüsieren – es war an der Zeit, dass ich auf andere Gedanken kam.

Alex schloss die Wohnungstür ab, dann liefen wir alle nach unten. Im Eilschritt hastete ich aus Alex' Wohnung direkt in den Aufzug hinein und hoffte, dass Devin Garys Wohnung nicht im selben Moment verlassen würde.

Wir fuhren an der Küste entlang zu einem Vergnügungspark, der nicht weit von der Stadt entfernt war. Der Park
sah aus, als wäre er noch original aus den 50er-Jahren. Die
Fahrgeschäfte waren altmodisch und ziemlich laut, die
Glühbirnen flackerten und die Musik im Hintergrund
klang blechern. Ich hoffte, dass wenigstens alle Schrauben
regelmäßig überprüft und nachgezogen wurden.

Gabriel stürmte schon auf den Eingang zu, noch bevor
Alex und ich aus dem Auto gestiegen waren. »Kommt
schon!«, rief er ungeduldig. »Die Schlangen werden sonst
so lang!«

Als Erstes fuhren wir auf einem winzigen, klapprigen
Zug durch das *Spukhaus*. Ich fand die Fahrt ziemlich langweilig – Plastikhexen hingen von der Decke und quietsch-
ten, Mumien, deren Augen mit Glühbirnen erleuchtet wurden, und außerdem ein Vampir, dem schon einer seiner
Furcht erregenden Zähne fehlte.

»Das ist ziemlich mies«, verkündete Gabriel. Er hatte
sich umgedreht und kniete auf seinem Sitz – er saß im ersten Wagen, hinter ihm Alex, dann ich. Anscheinend hatte
sich schon herumgesprochen, dass die Geisterbahn nichts
taugte, denn wir waren die Einzigen bei dieser Fahrt.

»Setz dich ordentlich hin, Gabriel«, sagte Alex.

Er ignorierte sie und blickte zu mir. »Das ist etwas für
Babys, stimmt's, Sean? Hier gibt es überhaupt nichts Auf-
regendes – aaaaaaah!«

Er hatte sich in dem Wagen nach hinten umgedreht und
deshalb auch nicht gesehen, dass wir auf eine ganze Menge
Gummiarme zugefahren waren. Als der erste dieser Arme

ihn streifte, schrie er erschrocken auf und zitterte wie Espenlaub. Popcorn flog durch die Gegend. Es war ein Wunder, dass er nicht aus seinem Sitz direkt in die Arme des kopflosen Reiters fiel.

Alex und ich schauten uns an und mussten lachen. Wir konnten auch nicht mehr aufhören, als wir schon längst ausgestiegen und wieder an der Sonne waren.

»Oh Gabriel, vielen Dank!«, sagte Alex und wischte sich Tränen aus den Augen. »Das war spitzenmäßig!«

Gabriel hatte knallrote Wangen, und er machte ein finsteres Gesicht. »Ich habe mich überhaupt nicht erschrocken. Ich war nur schrecklich überrascht. Mehr nicht.«

Alex hatte keine Lust, sich in die ganz schnellen Fahrgeschäfte zu setzen, und so fuhr ich mit Gabriel den *Hammer*, den *Drehwurm* und den *Zipper* alleine. Er hatte jede Menge Spaß dabei, und als wir aus dem *Zipper* ausstiegen, konnte er schon über das Erlebnis im *Spukhaus* lachen. Er äffte sich sogar selbst nach und machte mir vor, wie er ausgerastet war.

»Auf, Gabriel, lass uns Karussell fahren«, sagte Alex, die auf uns gewartet hatte.

Gabriel verdrehte die Augen. »Siehst du? Was habe ich dir gesagt? Alex hat nie Lust auf die wirklich guten, schnellen Sachen. Sie macht nur bei den Babysachen mit!«

»Sei still«, entgegnete Alex. »Du weißt ganz genau, dass dir das Karussell auch Spaß macht!«

»Sei vorsichtig, Alex!«, rief ich ihnen nach, als sie sich anstellten. »Die Pferde sehen tollwütig aus. Und hinter dir ist ein Furcht erregender Clown eingestiegen!«

Ich setzte mich auf eine nahe gelegene Bank und sah ihnen zu. Sie setzten sich auf zwei Holzpferdchen, die nebeneinander standen – Alex auf ein weißes, Gabriel auf ein orangefarbenes. Gabriel blickte immer wieder zu mir herüber und verdrehte seine Augen, aber als die Fahrt losging, konnte ich an seinem Lächeln ablesen, dass es ihm tatsächlich Spaß machte. Alex sah sogar richtig verzückt aus. Ihre Augen leuchteten wie die Augen der Mumien in der Geisterbahn und ein unglaubliches Lächeln lag auf ihrem Gesicht. Ich weiß, dass das ziemlich dämlich klingt – aber einen Moment lang sah sie wie ein kleines Mädchen aus. Sie wirkte noch jünger als Gabriel. Ich konnte meinen Blick nicht von ihr abwenden.

»Na, wie war's?«, fragte ich, als sie zurückkamen. »Das sah ja nach einem echten Abenteuer aus! Geht es euch noch gut oder müsst ihr euch erst einmal hinsetzen und etwas ausruhen?«

»Genug!«, schimpfte Alex und versetzte mir einen freundschaftlichen Stoß in die Rippen.

»Guckt mal, da vorne ist die Achterbahn!«, bettelte Gabriel. »Die Schlange ist überhaupt nicht lang.«

»Nein danke. Ohne mich. Aber ihr zwei könnt euch gerne anstellen!« Alex setzte sich auf die Bank und winkte protestierend ab.

»Mit dir macht es überhaupt keinen Spaß«, jammerte Gabriel. »Komm schon, Sean. Gehst du mit mir? Bitte!«

»Sicher. Aber du musst mir versprechen, dieses Mal auf deinem Sitz zu bleiben!«

Wir fuhren zwei Mal mit der Achterbahn. Gabriel

machte es unheimlichen Spaß, und er war auch mächtig stolz. Er erzählte mir, dass er letztes Jahr noch Angst davor gehabt hatte, aber jetzt war er älter und hatte keine Angst mehr.

»Ich habe im *Spukhaus* ziemlich rumgeschrien, aber nur, weil ich nicht gesehen hatte, was da plötzlich auf mich zukam«, erzählte er. »Aber Alex hat einfach vor allem Angst. Ganz im Gegensatz zu dir. Du fürchtest dich vor gar nichts!«

»Ja, aber nur weil du neben mir sitzt und mich beschützt«, sagte ich und wuschelte ihm durch sein Haar, das der Wind schon mächtig zerzaust hatte.

Er überredete mich, noch einmal mitzufahren, danach liefen wir zurück zu Alex.

»Das war echt toll!«, rief Gabriel ihr zu, als wir näher kamen. »Das musst du unbedingt auch einmal ausprobieren!«

»Nein, keine Chance!«

»Komm schon!«, ermunterte ich sie.

»Bitte, Alex!«, quengelte Gabriel. »Ich bin mit dir Karussell gefahren. Jetzt bist du dran!«

Alex blickte in die Richtung der Achterbahn. Sie legte ihre Stirn in Falten und biss sich auf die Unterlippe.

»Also …« Sie warf mir einen hilflosen Blick zu.

Wie hätte ich einem solchen Blick widerstehen können? Sie war einfach unglaublich süß! »Wenn du willst, dann fahre ich mit dir!«, bot ich ihr an.

Sie zögerte noch einen Moment, dann lächelte sie schwach. »Einverstanden. Ich meine – nun ja, ich glaube –

vermutlich ist es viel gefährlicher, mit dem Auto auf den Straßen von Los Angeles herumzufahren, oder?«

Alex und ich liefen die Treppe zur Eingangsplattform hinauf. Gabriel blieb unten, denn er wollte sich ansehen, wie Alex ausrastete. Die ganze Zeit über, während wir anstanden, rieb sich Alex nervös die Hände und zuckte jedes Mal zusammen, wenn die anderen Fahrgäste aufschrien.

Endlich waren wir dran. Wir setzten uns in einen der vorderen Wagen. Als wir so dasaßen und warteten, lehnte Alex ihren Kopf gegen den Sitz und schloss die Augen. Ihre Fingerknöchel waren ganz weiß, so fest klammerte sie sich an den Sicherheitsbügel. Auch die Farbe in ihrem Gesicht war plötzlich verschwunden.

»Geht es dir gut?«, fragte ich sie besorgt.

Alex hob den Kopf und öffnete ihre Augen. »Klar«, sagte sie und lächelte tapfer. »Mir geht es gut.«

In diesem Augenblick ruckten die Wagen an und die Fahrt ging los. Langsam erklommen wir den ersten steilen Schienen-Hügel. Als wir oben angekommen waren, holte Alex tief Luft und warf einen verängstigten Blick in meine Richtung. Einen Herzschlag später rasten wir mit atemberaubender Geschwindigkeit in die Tiefe. Doch anstatt laut zu schreien oder Gebete zu murmeln, krallte Alex beide Hände in meinen rechten Arm und vergrub ihr Gesicht an meiner Schulter. Den Rest der Fahrt verharrte sie in dieser Position. Mir allerdings machte das gar nichts aus – von mir aus hätte sie den Rest ihres Lebens in dieser Position verharren können. Schließlich verloren wir an Geschwindigkeit und fuhren wieder auf die Einstiegsplattform zu.

Alex lockerte ihren Griff, aber ihren Kopf hielt sie noch immer gesenkt.

»Es ist vorbei«, flüsterte ich ihr ins Ohr. »Alles in Ordnung?«

Alex hielt sich noch immer an meinem Arm fest, als sie ihren Kopf hob und sich umblickte. Ihre Haare waren zerzaust, ihre Wangen gerötet – sie sah fantastisch aus! »He!«, sagte sie. »Das war gar nicht so schlecht!«

Sie betrachtete mich und lächelte. Mein Puls raste, und ich dachte darüber nach, wie es wohl wäre, wenn ich dieses Lachen jeden Tag zu sehen bekäme. Ihre Augen strahlten, genau wie vorhin, als sie auf dem Karussell gesessen hatte, aber ich fühlte, wie ihre Hände noch immer zitterten. Vielleicht war aber auch ich derjenige, der zitterte.

»Danke«, sagte sie sanft.

»Gern geschehen.«

Ihre Lippen waren nur wenige Zentimeter von meinen entfernt – für den Bruchteil einer Sekunde war ich drauf und dran, mich ihr noch weiter zu nähern. Es wäre nur eine winzige Bewegung, aber schon der Gedanke daran brachte mich restlos aus der Fassung – keine andere Fahrt heute hatte mich so mitgenommen.

Als ich spürte, wie sich mein Atem mit ihrem vermischte, lehnte ich mich schlagartig zurück. Es war, als wäre mein Verstand zurückgekehrt, und der Nebel, der mich umgab, lichtete sich.

Was zum Teufel machst du da, Foster?, zeterte ich mit mir. Du darfst sie nicht küssen! Das verstößt gegen sämtliche Spielregeln!

Ich saß wie versteinert da und versuchte, Ordnung in meine Gefühle zu bringen. Mein Herz klopfte wie wild und mein Magen schlug Purzelbäume. So hatte es mich noch nie erwischt. Was ging da nur vor?

Das kommt von der wilden Fahrt, du Trottel, beruhigte ich mich. Das viele Popcorn, das du gegessen hast, nimmt dir nun dein Magen übel. Das ist alles.

Ich wusste nicht, ob Alex gemerkt hatte, dass ich sie beinahe geküsst hätte. Aber auf einmal ließ sie mich ruckartig los und setzte sich auf.

»Ich … ich glaube, wir sollten nach Gabriel schauen.« Ihre Wangen wirkten noch röter als vorhin und wieder rieb sie sich nervös die Hände.

»Ja.«

Inzwischen waren die Wagen an der Ausstiegsplattform zum Stehen gekommen und die Leute stiegen aus. Es fühlte sich komisch an, wieder festen Boden unter den Füßen zu haben. Meine Knie waren noch immer weich – so, als wäre ich monatelang auf hoher See gewesen.

»Na, Alex?«, fragte Gabriel, der ungeduldig herumhüpfte. »Das war doch genial, oder?«

»Ja. Ihr hattet Recht. Es war alles halb so schlimm.« Ihr Blick traf meinen, sie lächelte mir zu.

»Na Sean, hat sie die Beherrschung verloren? Ihr wart so weit weg, dass ich euch nicht genau erkennen konnte. Ist Alex ausgeflippt?«

»Nein, überhaupt nicht«, antwortete ich und erwiderte Alex' Lächeln.

Aber *ich* hätte beinahe völlig den Verstand verloren!

Devin

Warum macht man sich so oft völlig umsonst Sorgen? Die ganze Nacht über hatte ich wach gelegen und hin und her überlegt, wie ich mich Sean gegenüber am besten verhalten sollte. Er war deprimiert, und ich hatte nichts Besseres zu tun, als mich heimlich davonzuschleichen, um mich mit einem Mädchen zu treffen. Ich fühlte mich elend. Gegen Morgen hatte ich endlich einen Entschluss gefasst: Ich würde den ganzen Tag gemeinsam mit Sean verbringen. Kein Joggen, kein Davonschleichen, kein heimliches Treffen. Ich wollte überhaupt nicht an meine Probleme denken. Stattdessen würde ich mich darauf konzentrieren, Sean aufzumuntern.

Zuerst klang Sean ganz begeistert, als ich verkündete, einen freien Vormittag zu haben. Aber als ich geduscht hatte, hatte er plötzlich seine Meinung geändert. Er wollte alleine etwas unternehmen. Weihnachtseinkäufe erledigen und – worüber ich mir am meisten Sorgen machte – er wollte sich nach einem Geschenk für mich umschauen.

Sean hatte mir noch nie irgendein Geschenk gemacht. Zu keiner Gelegenheit. An meinem Geburtstag pflegte er zu sagen: »Halt die Ohren steif, Kumpel!«, und das war's auch schon. Sein Standardspruch, wenn ich mal wieder einen Leichtathletikwettbewerb gewonnnen hatte, war: »Du hast noch viel vor, Junge!« Und wenn ich mich über jemanden geärgert hatte, bot er mir an, sich an meiner Stelle mit dem Kerl zu prügeln. Sean ist wirklich ein guter Freund – aber garantiert keiner von der sentimentalen Sorte. Die Tatsache, dass er mir ein Weihnachtsgeschenk besorgen wollte, war ein weiteres Anzeichen dafür, wie schlecht es um ihn stand. Wenn ich nicht bald eingreifen würde, dann würde er zum stillen Hobbygärtner mutieren, noch ehe wir wieder zu Hause wären.

Noch etwas machte mir Sorgen: Ich hatte nichts, das ich ihm im Gegenzug schenken konnte. Ich beschloss, zum Strand hinunterzulaufen und mich mal umzuschauen.

Es war wieder einer dieser wunderschönen Tage. Eine Menge Leute waren unterwegs, joggten, fuhren Skateboard oder spielten Frisbee. Ein junges Pärchen lief an mir vorüber. Ich musste an Holly denken.

Ich hatte noch nie zuvor etwas Ähnliches für ein Mädchen empfunden. Alles war so einfach. Mit Tasha war alles so gekünstelt gewesen – als würden wir uns gegenseitig einen Kitschroman vorlesen … noch dazu einen schlechten! Aber Holly war wirklich anders – so freundlich und geradeheraus. Ich musste mir nicht jedes Wort aus den Fingern saugen, wenn ich mich mit ihr unterhielt. Wir harmonierten einfach.

Ich überlegte, ob ich ihr gegenüber etwas offener sein sollte – gerade, weil sie mir gegenüber so mitteilsam war. Aber vielleicht war ja gerade mein geheimnisvolles Getue der Grund dafür, dass sie sich für mich interessierte? Also beschloss ich, mich weiterhin etwas reserviert zu geben. Außerdem musste ich Sean und unseren »Ferien-ohne-Frauen-Pakt« sowieso verschweigen. Ich konnte ihr eigentlich gar nicht so hopplahopp einen Einblick in mein Leben gewähren.

Am Pier angekommen, betrachtete ich die Auslagen in den Schaufenstern. Vielleicht würde mir ja etwas in die Augen springen, das gut zu Sean passte. Ein giftgrüner Kopfhörer für seinen Walkman? Nein, er fand immer, die Dinger sähen bescheuert aus. Ein verrückt gefärbtes T-Shirt mit einem »California-Dreamin«-Aufdruck? Vielleicht in einem anderen Leben. Ein importiertes Kissen mit der Aufschrift: *Love is Real*? Sean würde mich dafür hassen! Eine Geschenkausgabe mit den Werken von Raymond Chandler? Auch nicht besser! Sean würde ihn sowieso nur für eine der vielen Figuren einer Seifenoper halten!

Was schenkt man jemandem, der an allem etwas auszusetzen hat? Ich war stehen geblieben und seufzte hörbar. Drei Geschäfte weiter leuchteten die Neonlichter des Café *Blinkers*. Sollte ich hineingehen und nach Holly sehen? Warum eigentlich nicht? Ich war ja sowieso in der Nähe. Aber ich würde mich ziemlich mies fühlen, Holly heimlich einen Besuch abzustatten, wo Sean gerade damit beschäftigt war, ein Geschenk für mich zu kaufen.

Ich wollte mich gerade auf den Heimweg machen, als mein Blick auf einen kleinen Gegenstand in einem der Schaufenster fiel. In einer Glasvitrine stand ein kleines Keramikdöschen, das die Form einer Schildkröte hatte. Der Deckel des Döschens war beige und mit kleinen grünen Steinen verziert. Es schien mich aus der Vitrine heraus regelrecht anzulachen.

Ein Omen.

Noch bevor ich darüber nachdenken konnte, war ich in das Geschäft gelaufen und hatte das Döschen gekauft. Ich bat die Verkäuferin, es gut in Seidenpapier einzupacken, damit es nur ja nicht zerbrach. Dann ließ ich das Päckchen in meine Tasche gleiten und lief hinüber zum *Blinkers*.

Holly und Bowman standen hinter dem Tresen und unterhielten sich, als ich das Café betrat.

»Ich sage dir doch, Scooby-Doo und Astro sind miteinander verwandt! Sie haben die gleichen Stimmen und sie sehen auch ähnlich aus.«

»Bowman, du spinnst! Hör auf, den Espresso zu verschütten. Astro lebt einige Jahrhunderte nach uns in der Zukunft, und Scooby stammt aus den Siebzigern! Nie und nimmer sind die beiden verwandt!«

»Vielleicht ist Astro ja ein Nachfahre von Scooby. Ja, genau! Und vielleicht ist der Dino von »Fred Feuerstein« ihr gemeinsamer Ahnherr!«

»Und was haltet ihr von Underdog und Hong Kong Phooey?«, unterbrach ich sie und lief zum Tresen.

»Devin! Hallo! Ich habe dich gar nicht kommen sehen.« Holly strahlte mich an.

Bowman rieb sich nachdenklich das Kinn. »Nein, vielleicht stammen Astro und Scooby doch eher von einem Hund ab. Sie haben Ähnlichkeit mit einem Beagle.«

»Hör schon auf, Bowman!« Holly wandte sich zu mir. »Was führt dich hierher?«

»Ich weiß es nicht. Ich war gerade in der Gegend und dachte, ich schau mal schnell vorbei.«

»Prima! Ich habe gerade Mittagspause. Hast du Lust, mir Gesellschaft zu leisten? Ich muss nur hier bleiben, falls es richtig voll wird, aber wir können uns ja hinsetzen und ein bisschen quatschen.«

»Gern!«

»Möchtest du etwas trinken? Vielleicht einen Orangensaft? Ich lade dich ein.«

»Prima. Vielen Dank.«

Holly reichte mir ein Glas Orangensaft, zog sich die Schürze aus und verschwand im Hinterzimmer.

Siehst du, Devin, bist du nicht froh, dass du hierher gekommen bist?, sagte ich mir.

Ich starrte ihr fasziniert nach, als wäre sie ein Fernsehstar und ich ein völlig verrückter Fan. Es war Bowman, der meine Gedanken unterbrach, indem er sich einfach vor mich stellte.

»Nimm dich nur in Acht!«, sagte er.

»Wovor?«

»Du darfst nicht weinen«, fuhr er fort. »Du darfst auch nicht beleidigt sein. Ich sag dir warum ...« Bowman fing an, wie Snoopy durch die Gegend zu tanzen; er scharrte mit seinen Sandalen auf dem Boden herum und sein Pferdeschwanz hüpfte hin und her, während er mit dem Geschirrtuch ein Glas abtrocknete. »Santa Claus ist in der Stadt!«

Holly trat aus dem Hinterzimmer heraus und verdrehte die Augen. »Ich habe jetzt Pause, Bowman.« Sie musste brüllen, um seinen Gesang zu übertönen. »Mach dich bemerkbar, wenn du Hilfe brauchst. Oder am besten, ruf einfach meinen Namen. Das letzte Mal, als du auf dich aufmerksam gemacht hast, haben nämlich zwei unserer Kunden vor Schreck ihren Kaffee verschüttet!«

»Kapiert«, sagte er und salutierte mit dem Geschirrtuch.

Wir setzten uns an einen der hinteren Tische, sodass wir den Eingang überblicken konnten.

»Das ist eine nette Überraschung«, sagte Holly. »Du hast dich also hier am Pier herumgetrieben?«

»Ja – ich habe ein paar Weihnachtseinkäufe erledigt. Aber ich war nicht besonders erfolgreich.«

»Ich gehe überhaupt nicht gerne einkaufen – und schon gar nicht so kurz vor Weihnachten. Aber lass mich wissen, wenn ich dir behilflich sein kann«, sagte sie und rückte ihre Kappe zurecht.

Das brachte mich tatsächlich auf eine Idee. »Vielleicht kannst du das wirklich. Ich habe mir schon die ganze Zeit überlegt, was ich meinem Freund zu Weihnachten schenken könnte, und das Einzige, das ihn in letzter Zeit noch interessiert, ist Football. Wo hast du denn deine Kappe mit dem Emblem der 49ers her?«

»Ungefähr drei Straßen weiter gibt es ein Sportgeschäft – so zirka zehn Joggingminuten entfernt. Na ja, vielleicht sind es ja auch fünfzehn Minuten – zumindest für dich!« Ihre Augen blitzten neckisch. »Ich kann dir ja eine Skizze zeichnen, wenn du willst.«

»Oh ja. Vielen Dank.«

»He! Was ist das da?« Sie zeigte auf ein rechteckiges Kästchen, das auf dem Serviettenspender lag.

Ich nahm das Kästchen in die Hand und öffnete es. »Sieht aus, als hätte jemand einen Satz Spielkarten hier vergessen.«

»Das ist ja klasse. Kannst du Karten spielen?«

»Kann ich Karten spielen? Nichts leichter als das«, prahlte ich und mischte professionell die Karten.

Eigentlich bin ich nicht unbedingt ein Profi, wenn's ums Kartenspielen geht. Ich habe mich nie irgendwelchen Spielkreisen oder so etwas Ähnlichem angeschlossen. Aber mein Bruder und ich hatten uns das Poker-Spielen mit Hilfe eines Buches beigebracht. Wenn man so Eltern wie wir hat, die das Fernsehen streng limitieren, findet man an einer ganzen Menge seltsamer Hobbys Gefallen.

»Gebongt! Lass uns ein paar Runden spielen!«

Da wir beide nicht genügend Geld hatten, beschlossen wir, um Kaffeebohnen zu spielen. Die ersten beiden Runden gingen an mich, die dritte an Holly.

Draußen lief eine als Santa Claus verkleidete Gestalt vorbei und sammelte für die Heilsarmee. Unter dem dicken, roten Mantel war es bestimmt sehr heiß. Hin und wieder warf ein Passant ein paar Münzen in die Sammelbüchse, aber die meisten Leute waren viel zu beschäftigt, um ihn auch nur eines Blickes zu würdigen.

»So langsam geht mir dieser ganze Weihnachtsrummel ziemlich auf die Nerven.« Holly stöhnte, als sie ihr Blatt betrachtete. Mit ihrem nachdenklichen Blick und der Kappe, die sie verkehrt herum trug, sah sie einfach süß aus. »Weihnachten bringt nur eine Menge Stress und ein schlechtes Gewissen mit sich. Unzählige Bäume werden gemordet, in den verschiedenen Wohnzimmern aufgestellt und geschmückt. Dann müssen noch mehr Bäume sterben, nur damit die Menschen schmalzige Sprüche auf irgendwelche Karten schreiben und Geschenke verpacken können. Und das Ganze wird dann auch noch oft für Leute gemacht, die man gar nicht richtig kennt. Verstehst du, was ich damit meine?«

»Äh … ja.« Ich fühlte nach dem Schildkröten-Döschen, das ich in meiner Jackentasche trug. Ich beschloss spontan, mit dem Verschenken noch eine Weile zu warten.

»Oh, tut mir Leid. Das klang ziemlich zynisch. Es ist nur, dass ich in der Vergangenheit ein paar ziemlich miese Weihnachten hatte – ich bin davon ziemlich genervt.«

»Schon gut«, sagte ich. Dabei hatte ich immer geglaubt, dass sich alle auf Weihnachten freuen. Ich hatte mir nie Gedanken darüber gemacht, ob das Weihnachtsfest bei jemandem auch schlechte Erinnerungen heraufbeschwören konnte.

Holly schloss ihre Augen und schüttelte den Kopf, als könne sie so ihre trüben Gedanken verscheuchen. »Erzähl doch mal. Wie feiert ihr normalerweise Weihnachten?«

»Ach, wir machen nichts Besonderes. Großmutter kommt und backt tonnenweise Plätzchen. Am Heiligen Abend essen wir alle gemeinsam, dann packen wir die Geschenke aus. Am ersten Feiertag bekommen wir dann die Sachen von Santa!«

»Wie niedlich!«, spottete Holly. »Du bekommst immer noch Geschenke vom Weihnachtsmann?!«

Ich fühlte, wie mir die Röte ins Gesicht schoss. Kein einziges Wort mehr, Junge, maßregelte ich mich selbst – und musste dabei an Sean denken. Du ruinierst noch das Bild, das sie sich von dir macht.

»Äh, nein, ich nicht – mein kleiner Bruder!«, stotterte ich. »Er weiß zwar, was Sache ist, aber er freut sich riesig, wenn er viele Geschenke bekommt!«

»Logisch. Wir lassen uns schließlich alle gern betrügen, wenn wir einen Vorteil davon haben! Übrigens bin ich dran, Karten zu geben.« Sie schob die Karten zusammen und fing an, sie zu mischen. »Dad und ich legen nicht besonders viel Wert auf irgendwelche Traditionen. Am Heiligen Abend arbeiten wir normalerweise. Dann, am ersten Feiertag, beschenken wir uns gegenseitig – aber das war's auch schon. Er verlangt nicht von mir, dass ich irgendwelche Verwandten besuche oder Plätzchen backe, und daher verbringen wir die meiste Zeit gemeinsam mit Freunden.«

»Und was macht ihr?«

»Ach, irgendwas. Trivial Persuit spielen, Nachos backen, oder durch die Gegend fahren und uns die Weihnachtsbeleuchtungen anschauen. Eigentlich hatte ich geplant, mit Wade irgendetwas zu unternehmen. Aber als ich herausgefunden habe, was für ein Spiel er mit mir treibt, war davon keine Rede mehr.« Holly lächelte gequält und eine unangenehme Stille legte sich über unser Gespräch.

Schon wieder er! Am liebsten hätte ich Holly nach seiner Adresse gefragt, um ihm mal gehörig den Marsch zu blasen. Aber noch bevor ich etwas sagen konnte, klapperte es plötzlich laut von der Theke herüber.

»Was ist denn das für ein Krach?«, fragte ich und drehte

den Kopf. Vom vorderen Teil des Tresens drang Lärm herüber. »Ist da vorne so viel los? Musst du wieder an die Arbeit?«

»Nee. Das ist nur Bowman, der mit ein paar Löffeln herumtrommelt und ›Das Lied vom kleinen Trommler‹ singt. Aber es ist tatsächlich schon spät. Am besten, ich beeile mich mit dem Essen.«

Holly legte ihre Karten auf den Tisch, griff nach einer Papiertüte und begann, ihr Mittagessen auszupacken. Sie hob den Deckel des Plastikbehälters, und ein exotisch aussehendes Nudelgericht kam zum Vorschein.

»Was ist das denn?«, fragte ich.

»Chapchae – eine koreanische Spezialität. Möchtest du mal probieren?«

»Gerne.«

Holly wickelte eine großzügige Portion Nudeln um die Gabel und beugte sich über den Tisch. »Mund auf!«, befahl sie und schob mir die Gabel in den Mund.

Ich hatte erwartet, dass das Ganze ziemlich geschmacklos sein würde, aber die Nudeln waren total scharf – und genauso lecker. »Oh Mann! Das ist ja unglaublich!«, sagte ich kauend. »Ich habe so etwas noch nie gegessen!«

»Das ist wirklich lecker. Ich hole mir oft mein Mittagessen von diesem koreanischen Restaurant. He! Lass uns morgen doch zusammen dort zu Mittag essen!«

»Morgen ist Heiligabend! Meinst du, die haben geöffnet?«

»Sicher. Die Koreaner feiern kein Weihnachten. Weihnachten ist für alle Restaurants ein riesiges Geschäft!«

»Wirklich?«

»Ganz sicher. Denk doch nur an die vielen Menschen, die auf den letzten Drücker Geschenke besorgen. Wir haben morgen auch bis in den späten Nachmittag hinein geöffnet. Was ist mit dir? Hast du schon irgendetwas anderes vor?«

»Nein, eigentlich nicht.« Gary hatte bereits erwähnt, dass er am Heiligen Abend ziemlich viel zu tun haben würde und wir hatten uns darauf geeinigt, am ersten Feiertag ein wenig zu feiern. Aber ich wusste nicht, ob Sean schon etwas geplant hatte.

»Ach, komm schon. Schließlich musst du ja irgendetwas essen, oder etwa nicht? Ich weiß, dein Freund ist krank, aber kannst du dich nicht wenigstens eine Weile davonstehlen?« Sie strahlte mich mit ihren grünen Augen an wie eine Kobra, die ihre Beute hypnotisiert. Ich war verloren.

»Warum nicht?« Falls Sean irgendetwas für uns geplant hatte, dann bestimmt erst für den Abend. »Ich werde mich ganz bestimmt davonstehlen können – zumindest für ein Weilchen!«

»Klasse. Also dann sind wir jetzt verabredet!« Sie nahm ihre Karten wieder auf, aber anstatt ihr Blatt zu betrachten, musterte sie mich. »So ist es doch, oder? Wir haben also ein Rendezvous?«

Ich versuchte vergeblich dagegen anzukämpfen, dass mir erneut die Röte ins Gesicht schoss. »Wenn du es so nennen willst, dann ist es eben ein Rendezvous«, murmelte ich und versuchte, wenigstens einigermaßen cool zu wirken. Mein Herz pochte, aber irgendwie schaffte ich es dann doch, nicht völlig aus der Fassung zu geraten.

Es war unglaublich! Wir waren kaum hier und schon hatte ich mir ein sagenhaftes Mädchen geangelt! Ich fühlte mich wie neugeboren und so cool, wie Sean es immer war. Jetzt musste ich nur noch überlegen, wie ich es schaffen konnte, ihn morgen für eine Weile alleine zu lassen.

Holly grinste. »Also gut. Ich sehe, du hast eine französische Kaffeebohne gesetzt. Ich reize und setze zwei Sumatrabohnen und dazu drei ›Columbian Supreme‹!«

»Ich schlage ein!« Ich schob eine Hand voll Kaffeebohnen in ihre Richtung. »Ich setze sogar noch eins drauf und verdoppele meinen Einsatz!« Ich blickte ihr ganz tief in ihre wunderschönen Augen. Schließlich fühlte ich mich heute unbesiegbar!

»In Ordnung – die Wette gilt! Und jetzt zeig mir dein Blatt! Du scheinst ja richtig gute Karten zu haben!«

Ich zuckte mit den Schultern und legte meine Karten auf den Tisch. »Also gut. Es war nur ein Bluff. Ich habe gerade mal ein Jokerpaar!«

»Ich hab's gewusst!«, jubelte sie. »Ich habe es dir angesehen! Schau dir mein Blatt an: dreimal die Sieben! Ich habe gewonnen, gewonnen, gewonnen!«

»Ja! Und das war bestimmt das letzte Mal, dass ich versucht habe, dich anzuschwindeln«, sagte ich lachend. Es machte mir überhaupt nichts aus, verloren zu haben. Mein neues, besseres Ich hatte Holly für mich gewonnen! Das war das Einzige, das wirklich zählte!

»Das ist der Grund, warum ich dir vertraue, Devin«, stellte Holly fest und schob die Bohnen zusammen. »Du bist ein schlechter Lügner – ganz im Gegensatz zu Wade.«

Ferien können schrecklich sein. Noch nie zuvor in meinem ganzen Leben hatte ich mich so gelangweilt.

Gary musste bis fünf Uhr arbeiten, und Devin hatte die Wohnung verlassen, um seinen Eltern ein Überraschungspäckchen zu schicken. Ein echter Pfadfinder. Wahrscheinlich blieb er eine Weile weg. Am Heiligen Abend war auf der Post ganz bestimmt 'ne Menge los.

Ich hätte Devin ja böse sein können, dass er sich so einfach aus dem Staub machte – aber gestern war ich derjenige gewesen, der ihn zurückgelassen hatte, um angeblich Weihnachtsgeschenke zu besorgen. Dabei hatte es so viel Spaß gemacht, mit Alex und Gabriel durch den Vergnügungspark zu schlendern. Und trotzdem – der Gedanke, dass Devin alleine in der Wohnung saß, hatte mir ein ungutes Gefühl bereitet.

Ich kratzte mich am Kopf und gähnte. Langsam stand ich von der Couch auf – irgendwie kam es mir so vor, als ob dieses Ding schon mit mir verwachsen war. Ich konnte nicht glauben, dass ich so versessen darauf gewesen war, hierher zu kommen. Wie konnte ich auf andere Gedanken kommen, wenn ich nichts weiter tat, als herumzulungern und mich selbst zu bemitleiden? Devin war ständig beim

Joggen, und Gary ... irgendwie war er ganz anders als sonst.

Gestern Abend hatte ich im Fernsehen einen Krimi gesehen, bei dem irgend so ein Teenager bei einem Einbruch erwischt wurde. Der Junge hatte Einbrüche verübt und die Beute verhökert, um Geld für Drogen aufzutreiben. War Gary etwa auch auf Drogen? Das würde zumindest erklären, warum er sein Hab und Gut versetzt hatte. Außerdem war er wirklich ziemlich schlecht drauf, seit wir da waren.

»Foster, du spinnst!« Ich sprach laut mit mir selbst. »Gary und Drogen? Was machst du dir für Sorgen?« Mensch, das reimte sich sogar.

Mannomann! Ich musste raus hier! Und zwar schnell!

Ich beschloss, bei Alex und Gabriel zu klingeln. Ich konnte es nicht mehr länger ertragen, alleine zu sein, und die beiden waren die Einzigen, die ich hier kannte. Außerdem war es ein tolles Gefühl, von Gabriel bewundert zu werden. Und Alex – in ihrer Gegenwart fühlte ich mich ebenfalls wohl – mehr als wohl ... *Denk nicht daran!*, sagte ich zu mir. Schließlich hatte ich nicht vor, sie um ein Rendezvous zu bitten.

»Hi! Habt ihr zwei Lust, Eis essen zu gehen?« Ich errötete, als Alex die Tür öffnete.

»Hallo!«, sagte sie und schüttelte lächelnd den Kopf. »Lust schon. Aber wir haben Besuch. Komm rein!«

Alex ließ mich in die Wohnung. Stimmengewirr, spanische Wortfetzen und ein köstlicher Duft begrüßten mich. Der Geruch wurde umso intensiver, je näher ich der Küche kam. In der Küche waren sechs Personen, darunter auch

Gabriel, und sie kochten gemeinsam. Manche rührten in riesigen Töpfen, andere waren damit beschäftigt, Fleisch zu schneiden. Gabriel stand vor der Spüle und wusch Salat.

»Wir sind gerade dabei, für heute Abend Tamales vorzubereiten«, erklärte Alex. »Komm, ich stell dich allen vor!«

Bevor ich dagegen protestieren konnte, zog sie mich mitten in den Raum. Zuerst waren alle noch viel zu sehr beschäftigt, um mich wahrzunehmen, aber dann räusperte sich Alex und sagte: »Hallo Leute! Das hier ist Sean – Garys Neffe. Ihr wisst schon, Gary von gegenüber.«

Die ganze Gruppe warf mir ein kollektives Hallo zu. Alex zog mich durch den Raum und stellte mich jedem einzelnen Familienmitglied vor: den Tanten Nina und Blanca, Onkel Michael und ihrer Großmutter, die sie Abuelita nannte. Dann stellte sie mich einer großen, dunkelhaarigen Frau vor, die gerade dabei war, Paprika in eine Pfanne zu schneiden.

»Sean, das ist meine Mutter. Mom, das ist Sean.«

»Nett, dich kennen zu lernen«, sagte Mrs Lopez und gab mir die Hand. Sie sah genauso gut aus wie Alex – nur ein bisschen älter eben. Aber ihre Augen ähnelten mehr denen von Gabriel. »Alex, hast du mir den Speck gebracht, um den ich dich gebeten habe?«

»Ups – den habe ich glatt vergessen«, sagte sie, bevor sie davonlief.

»Ich habe schon viel von dir gehört, Sean«, sagte Mrs Lopez.

»Wirklich? Äh, nun ja, Gabriel und ich kommen ganz gut miteinander klar.« Der Junge hatte bestimmt bis ins kleinste Detail berichtet, wie wir uns in *Dizzyland* amüsiert hatten.

»Nein, ich meinte eigentlich, dass Alex mir viel von dir erzählt hat.« Mrs Lopez legte mir eine Hand auf die Schulter. »Sie hat mir erzählt, wie nett du bist. Das arme Kind hat die ganzen Ferien damit verbracht, auf Gabriel aufzupassen. Ich kann mir denken, dass sie froh ist, wenn du vorbeischaust und sie ein bisschen aufheiterst. Ich finde das übrigens auch sehr nett von dir.«

Sie lächelte mir zu, aber ihre Augen blickten traurig. Ich wusste nicht, was ich darauf antworten sollte, also stammelte ich: »Gern geschehen, Mrs Lopez.« Wieder klopfte sie mir auf die Schulter, dann konzentrierte sie sich auf ihre Arbeit.

Alex hatte ihrer Mom von mir erzählt? Sie hatte berichtet, dass ich sie aus ihrer Langeweile erlöst und bei ihrem Babysitter-Job unterstützt hatte? Seltsam. Dabei hatte ich die ganze Zeit geglaubt, dass sie diejenige war, die mich aus meinem tristen Dasein gerettet hatte!

Mir fiel auf, dass Alex' Mutter den gleichen traurigen Blick hatte, wie ich ihn auch schon bei Alex gesehen hatte. So oft war ich kurz davor gewesen, Alex in den Arm zu nehmen, um sie zu trösten – doch erst jetzt wurde mir bewusst, wie stark sie sein musste – nach all dem, was ihrer Familie zugestoßen war.

Gabriel rannte auf mich zu und zerrte an meinem Ärmel. »He! Hast du Lust, mir zu helfen, *Masa* vorzubereiten?«

»Was soll ich?« Von dem Lärm und der ganzen Hektik wurde mir schon ganz schwindelig.

»Wir machen *Masa* – Röllchen! Komm, ich zeig dir, wie's geht! Es ist ganz leicht!«

»Gabriel, lass Sean in Ruhe!«, schimpfte Alex, als sie mit dem Speck in der Hand zurückkam. »Er hat bestimmt Besseres zu tun, als mit uns Tamales vorzubereiten.«

Nein, habe ich nicht, dachte ich und sagte: »Schon gut. Ich habe nichts Besonderes vor – erst später. Außerdem stehe ich wegen des Pfannenwenders und deiner Rettungsaktion bei der Spülmaschinen-Überschwemmung immer noch in deiner Schuld. Ich helfe jetzt einfach ein bisschen mit und dann sind wir quitt!«

Alex lächelte. »Einverstanden. Ich hole dir eine Schürze.«

Gabriel zog mich an den Tisch und ratterte seine Erklärungen runter. »Zuerst nimmst du ein Maisblatt aus dem Wasser und schüttelst es trocken. Dann verteilst du darauf eine Schicht *Masa*. Anschließend füllst du das Blatt mit Fleisch und rollst es zusammen. Siehst du?«

Das schien ganz einfach zu sein. Aber als ich es selbst versuchte, schaffte ich es nicht, den klebrigen Teig einigermaßen gleichmäßig zu verteilen. Das Zeug hing zäh am Löffel. Alex hatte sich zu uns gesetzt und bemerkte, wie sehr ich mich abmühte.

»Du darfst nicht versuchen, den Teig vom Löffel abzuschütteln. Du musst ihn langsam vom Löffel gleiten lassen – wie Zuckerguss. Ich zeige es dir.« Sie nahm meine rechte Hand in ihre und verteilte mit viel Gefühl gleichmäßig eine Schicht Teig auf dem Maisblatt.

Ich versuchte, mich auf die Arbeit zu konzentrieren, aber ich konnte meinen Blick nicht von ihren Händen wenden. Sie hatte lange, schlanke Finger. Aber anstatt einer sanften und zarten Berührung, wie ich sie von einer solchen Hand erwartet hätte, spürte ich ihren harten und kräftigen Griff – fast schon wie der eines Quarterbacks. Außerdem fühlte ich, wie ich an den Stellen, an denen sie mich berührte, Gänsehaut bekam.

»Jetzt kannst du eine Portion Fleisch dazugeben.« Alex ließ meine Hand los und deutete auf einen Topf, der neben der Teigschüssel stand.

»Mmmm. Das riecht aber lecker!« Ich häufte etwas Fleischmischung auf das Maisblatt. »Was ist da drin?«

»Nun ja – Schweinefleisch, und, äh, na ja, noch so Verschiedenes.«

»Was denn?«

Alex zögerte.

»Na ja – Fleisch von *la cabeza*«, warf die Großmutter ein.

»La was?«, fragte ich.

»Fleisch vom Schweinekopf!«, sagte Gabriel.

Zack! Der Löffel glitt mir aus der Hand und fiel zu Boden. Um mich herum fingen alle an zu lachen.

»Das Fleisch ist ungewöhnlich zart und lecker!«, erklärte Blanca. Aber ich wollte gar keine weiteren Erklärungen hören. Mir drehte sich jetzt schon fast der Magen um.

»Du isst doch auch Schinken, oder?«, fragte Nina.

»Ja, klar«, antwortete ich.

»Nun, der wird aus dem anderen Ende vom Schwein gemacht, und das findet ja auch niemand ekelhaft. Weißt du außerdem auch, was in Hotdogs drin ist?«

»Basta, Nina! Jetzt ist es aber genug!«, rief die Groß-mutter. »El hombre ya se ve enfermo.«

»Solamente estoy hablando, mamá. No importa.«

»El no está aquí para hablar contigo. Él está aquí para hablar con Alex!«

Ich verstand nicht, worüber sie sprachen, aber ich ver-mutete, dass sie über mich sprachen. Als sie Alex' Namen erwähnten, sah ich, wie sie leicht errötete.

»Schluss mit dem Spanisch!«, sagte sie. »Ihr seid schuld, wenn Sean sich nicht wohl fühlt!«

»Halb so schlimm!«, sagte ich. »Ich hatte zwei Jahre Spanisch in der Schule. Aber ich kann es leider nicht gut.«

»Dann üb doch mit uns«, schlug Gabriel vor.

»Ja. Versuch es doch«, stimmten die andern eifrig zu.

»Neeiin! Ich mache mich nur lächerlich damit!«

»Ach was«, sagte Alex. »Du wirst es nie lernen, wenn du es nicht wenigstens probierst. Schieß los. Ich verspreche, dass wir dich nicht auslachen werden!«

Ich blickte in die erwartungsvollen Gesichter um mich herum, dann blieb mein Blick an Alex' warmem Lächeln hängen. »Also gut – aber … estoy mucho embarazado.«

Alle brachen lauthals in Lachen aus.

»Was ist los? War das so schlecht?«

»Oh Sean!«, sagte Alex und versuchte, ein Lachen zu unterdrücken. »Du hast gerade gesagt, dass du ziemlich schwanger bist!«

Ich wäre am liebsten im Boden versunken. »Oh! Nun, eigentlich wollte ich sagen, dass mir das Ganze ziemlich peinlich ist – und das ist es mir jetzt wirklich!«

»Das muss dir doch nicht peinlich sein!« Alex klopfte mir beschwichtigend auf den Arm. »Immerhin war deine Aussprache einwandfrei!«

»Und ich muss wirklich sagen, dass man dir gar nicht ansieht, in welchem Monat du bist!«, frotzelte Michael. Gabriel fing sofort wieder an zu kichern.

Alex' Familie war zwar ein bisschen verrückt, aber unterhaltsam. Jeder machte sich über jeden lustig, aber das auf eine sehr nette Art und Weise. Mrs Lopez zog Alex damit auf, wie perfektionistisch sie die Füllung verteilte. Und Alex neckte Gabriel, weil er mit dem Teig herumkleckerte. Und als Michael anfing, sich mit mir über Sport zu unterhalten, hielt Nina ihm vor, er sei faul und befahl ihm, mehr Fleisch zu schneiden. Darauf meinte Michael empört, sie solle doch aufhören, ihm Befehle zu erteilen. Schließlich musste er ihr ausweichen, als sie mit dem Nudelholz auf ihn losging. Sie erinnerten mich daran, wie meine Kumpel und ich uns in den Umkleideräumen vor dem Football ständig gegenseitig aufzogen. Ich fühlte mich wie zu Hause.

»Hast du heute Abend schon was vor?«, fragte Alex, als sie die Tamales vom Tisch nahm und in einen großen Topf legte.

»Nichts. Onkel Gary hat Bereitschaftsdienst, daher feiern wir erst morgen.«

»Dann komm doch zum Abendessen zu uns!«

»Oh ja, bitte, Sean!«, bedrängte mich Gabriel.

Alex lächelte. »Schließlich ist es nur fair, wenn du etwas von dem Essen abbekommst, das du mit zubereitet hast.«

Da saß ich nun und überlegte mir, was ich sagen sollte.

Michael kam herüber und sah sich die Tamales an, die ich gemacht hatte.

»Seht euch das mal an!«, rief er. »Die sind so groß wie Football-Bälle!«

Gabriel kniete sich auf seinen Stuhl, um sich meine »Football-Tamales« näher anzuschauen. »Sieh mal, Alex! Die sind doppelt so groß wie unsere!«

Recht hatte er! Die Tamales, die Alex und Gabriel gefüllt und zusammengerollt hatten, sahen professionell aus – wie kleine Würstchen. Meine dagegen erinnerten eher an einen Baseball-Schläger.

»Äh … tut mir Leid! Ich habe mich schon gewundert, warum ich es kaum geschafft habe, die Dinger zuzukriegen. Was habe ich denn falsch gemacht?«

Alex tätschelte mir den Arm. »Halb so schlimm. Das nächste Mal nimmst du einfach ein bisschen weniger Fleisch.«

»Oh – ich bin mir sicher, dass dein Vater von diesen Tamales begeistert wäre!«, sagte die Großmutter, als sie Alex über die Schulter blickte. »Er hat immer gesagt, dass ihm viel zu wenig *Carne* drin ist!«

»Sì!« Blanca nickte mit dem Kopf und lächelte.

»Wie hat er immer gesagt?«, fragte Nina. »Wie hieß doch gleich der Spruch aus dieser uralten Werbung?«

»Esst mehr Fleisch!«, antwortete Michael.

Zuerst lachten sie alle, doch dann wurde das Lachen leiser. Einer nach dem anderen machte ein nachdenkliches Gesicht. Gabriel fing an, mit seinem Löffel im Teig herumzustochern. Auf seinem Gesicht lag wieder der gleiche, finstere Ausdruck wie an dem Tag, an dem ich ihn das erste Mal gesehen hatte.

»Komm schon, Gabriel«, sagte die Großmutter; vorsichtig legte sie ihre Hand auf seinen Arm. »Ven conmigo. Lass uns einkaufen gehen und noch etwas Schweinefleisch besorgen.«

»Ich gehe mit, Mama!«, sagte Michael. »Lass mich fahren!«

Gabriel trocknete sich die Hände ab und ließ sich von seiner Großmutter und seinem Onkel nach draußen führen. Die anderen gingen wieder an die Arbeit, aber es wurde nun still und nachdenklich weitergearbeitet. Ein paar Minuten später legte Mrs Lopez den Löffel weg, entschuldigte sich und lief eilig ins Schlafzimmer. Ihre beiden Schwestern liefen ihr hinterher.

Alex und ich blieben alleine in der Küche zurück. Nur das zischende Geräusch des Topfes war zu hören. Alex saß regungslos auf ihrem Stuhl und starrte auf den Berg noch ungefüllter Maisblätter. Sorgenfalten zeichneten sich auf ihrer Stirn ab und ihr Kinn zitterte leicht. Sie sah aus, als würde ein leichter Windhauch genügen, um sie vom Stuhl zu pusten.

»Alles in Ordnung?«, fragte ich.

Sie blies sich ein paar Haarsträhnen aus dem Gesicht und blickte zu mir. »Es ist ziemlich stickig hier drin, nicht wahr? Was hältst du davon, wenn wir auf den Balkon gehen und ein wenig frische Luft schnappen?«

Wir liefen nach draußen. Als wir im Freien waren, seufzte Alex erleichtert auf.

»Alles in Ordnung?«, fragte ich sie noch einmal.

»Schon. Aber es tut so weh. Das ist unser erstes Weihnachten seit ... seit ...« Ihre Stimme zitterte. Sie verschränkte ihre Arme – so, als wäre ihr kalt. Tränen liefen ihr über die Wangen.

Bevor mir bewusst wurde, was ich tat, legte ich meine Arme um sie und zog sie an mich. Es geschah ganz automatisch – als wäre es völlig normal.

»Schhh«, flüsterte ich ihr ins Ohr. »Ist schon gut.«

Ich weiß nicht, wie lange ich sie so festhielt. Sie lehnte sich an mich und ließ sich von mir trösten. Ich strich ihr sanft über das Haar.

Nach einer Weile lehnte sich Alex ein wenig zurück und hob den Kopf. Unsere Blicke trafen sich. Wir lehnten uns aneinander und unsere Lippen berührten sich. Ich hatte das Gefühl zu schweben und bemerkte nicht einmal die kühle Brise, die vom Meer zu uns hinüberwehte. Es gab nur noch sie. Und mich. Und zum ersten Mal seit Wochen wusste ich, dass das, was ich tat, richtig war. Ich konnte wieder einen klaren Gedanken fassen und mein ganzer Kummer war wie weggeblasen.

Langsam lösten sich unsere Lippen voneinander. Alex lächelte mich an. Ich lächelte zurück.

Plötzlich wurde mir die Welt um mich herum wieder bewusst. Auch das alte, nagende Gefühl war wieder da. Jetzt ist es also passiert, Junge, hörte ich eine Stimme zu mir sprechen. Du hast dich einem Mädchen an den Hals geworfen. Sie hat Macht über dich und kann dich zum Narren halten – genau so, wie Jo Beth es getan hat.

Ich ließ Alex los und tat einen Schritt nach hinten. Ich war wütend auf mich selbst und fühlte mich gleichzeitig wie ein Trottel. Ich war schon wieder auf ein Mädchen reingefallen. Wie konnte ich nur so dämlich sein?

Alex blickte mich besorgt an. »Geht es dir noch gut?«, fragte sie.

»Ja. Alles in Ordnung. Aber ich muss jetzt gehen.«

»Gehen?«, fragte sie. Sie war völlig verblüfft. »Wohin gehen?«

»Mir ist gerade eingefallen, dass ich noch … äh … dass ich noch ein Ferngespräch führen muss.« Rückwärts lief ich zur Balkontür und drehte den Griff. »Tut mir Leid, dass ich mich gerade jetzt aus dem Staub mache – aber der Anruf ist wichtig. Meine Zukunft hängt davon ab!«

Ich wusste, dass das alles total bescheuert klang, aber ich musste weg hier. Alex' Blick raubte mir den letzten Funken Verstand. Ich musste fliehen, solange ich noch über einen letzten Rest Selbstbeherrschung verfügte.

»Es war schön, dich zu sehen«, sagte ich und wich ihrem Blick aus. »Tschüss.« Ich winkte ihr hastig zu, schlich durch das Wohnzimmer und lief durch die Tür, noch bevor mich jemand aufhalten konnte.

Dann war ich endlich draußen und frei. Aber ich fühlte mich nicht wirklich erleichtert. Ganz im Gegenteil – mir kam es vor, als hätte ich alles vermasselt.

Es sah ganz danach aus, als sei ich noch immer leichte Beute – zumindest, was Mädchen anging.

Devin

Ich lief am Strand entlang, vorbei an Inlineskatern und Leuten, die ihre Hunde spazieren führten. Es war später Vormittag und die Sonne stand schon fast senkrecht am Horizont. Ich musste die Ärmel hochkrempeln und ein paar Knöpfe öffnen, so heiß war es. Ich konnte nicht glauben, dass Weihnachten war.

Zu Hause hatte meine Mutter bestimmt schon den Truthahn in den Ofen geschoben und meinem Vater ein paar Mal auf die Finger geklopft, weil sie ihn beim Naschen erwischt hatte. In einer halben Stunde wird es an der Haustür klingeln – die ersten Besucher trudeln ein. Gegen Abend werden sich ungefähr ein Dutzend Menschen in unserem Wohnzimmer versammelt haben, sie werden am Tisch sitzen und sich an den Händen fassen, um sich einen guten Appetit zu wünschen. Das Wasser lief mir im Mund zusammen, als ich an Großmutters kandierte Kartoffeln und Tante Lorenas Sandkuchen dachte.

Na ja, was soll's. Wenigstens würde man mich hier nicht am Kindertisch platzieren oder mich dazu verdonnern, die Streitereien zwischen Damon und unserem Cousin Jesse zu schlichten.

Seit Monaten hatte ich mich auf Weihnachten gefreut,

aber die Tatsache, dass ich nicht im Kreise meiner Familie war, vermieste mir die ganze Weihnachtsstimmung. Der heutige Tag kam mir vor wie ein ganz normaler Tag. Das Einzige, worauf ich mich freuen konnte, war, dass ich zum Mittagessen mit Holly verabredet war. Bei dem Gedanken an ihr freundliches Lachen lief ich automatisch schneller. Ich konnte es kaum erwarten, sie zu sehen.

Eigentlich würde ich Sean gern all die Neuigkeiten erzählen. Vielleicht würde er mich dann mit anderen Augen sehen. Obwohl er mich heute Morgen ganz bestimmt für ein echtes Weichei gehalten hat.

Ich hatte mir stundenlang den Kopf darüber zerbrochen, welche Ausrede ich ihm präsentieren konnte, damit ich mich davonstehlen und Holly treffen konnte. Joggen ging nicht – schließlich wollte ich nicht in kurzen Hosen im Restaurant auftauchen. Und dann wusste Sean ganz genau, dass ich meine Weihnachtseinkäufe alle schon erledigt hatte. Ich hatte ihm gestern eine Kappe mit dem Emblem der 49ers gekauft und sie verpackt, bevor er einen Blick darauf erhaschen konnte. Außerdem würde Sean mir bestimmt nicht abnehmen, dass das Sondereinsatzkommando der Polizei dringend auf meine detektivischen Fähigkeiten angewiesen war.

Also erzählte ich ihm, dass ich dringend zur Post müsste, um ein Päckchen für meine Familie abzuschicken. Ich hatte an seinem Blick ablesen können, dass er mich für ein verwöhntes Muttersöhnchen hielt, aber er ließ mich immerhin in Ruhe.

»Devin! Devin! Hier bin ich!«

Wie verabredet stand Holly am Ende des Piers. »Hi! Du siehst gut aus!«, sagte sie und kam näher.

»Danke. Du auch.« Sie trug ein winziges Oberteil aus einem gekräuselten Stoff, Baggy-Jeans, die sie an den Beinen hochgerollt hatte, und Sandalen, die ihr Tattoo gut zur Geltung brachten. Ihr langes Haar fiel ihr über die Schultern und die 49ers Kappe saß verkehrt herum auf ihrem Kopf.

»Hast du Hunger?«, fragte sie und zog mich am Arm. »Ich jedenfalls sterbe vor Hunger! Komm, lass uns losgehen!«

Wir liefen noch ein Weilchen am Strand entlang und überquerten dann die Straße, als wir bei *Kim's Korean Hut* angekommen waren. Ein köstlicher Geruch empfing uns.

Das Restaurant war ziemlich voll, aber ein winziger Zweiertisch an der Wand war noch frei. Wir setzten uns.

»Hallo, Holly!« Eine wunderschöne koreanische Frau, die ein gelbes Seidenkleid trug, kam auf uns zu. »Schön, dich zu sehen. Wie ich sehe, hast du einen Freund mitgebracht?«

»Hallo, Eun Hee. Das ist Devin. Er ist zum ersten Mal in einem koreanischen Restaurant.«

»Aha. Sehr schön. Dann bringe ich euch am besten eine gemischte Platte mit ganz vielen verschiedenen Gerichten zum Probieren. Ist euch das recht?«

»Sicher«, sagte ich. »Dir auch, Holly?«

»Sowieso! Ich esse hier wirklich alles gern!«

Als wir auf unser Essen warteten, erzählte Holly mir von ihrer Arbeit, von der Schule, von der Uhr, die sie für ihren

Vater zu Weihnachten gekauft hatte, und von ihren Freunden aus San Francisco, die sie normalerweise an Weihnachten besuchte. Dieses Jahr aber waren sie nicht zu Hause. Dann stellte sie mir eine ganze Menge Fragen – ob ich meine Familie vermissen würde, ob ich mich mit meinem Bruder verstehe und so weiter. Es fiel mir schwer, ihre Fragen nur knapp zu beantworten. Holly war so natürlich und offen, dass ich mir buchstäblich auf die Zunge beißen musste, um nicht alles auszuplaudern.

»Ich bin am Überlegen, ob ich mir meine Nase piercen lassen soll«, verkündete Holly und blickte mich fragend an.

»Nein. Bloß nicht! Warum denn das?«

»Weil es mir gefällt!«, antwortete sie und zuckte die Schultern. »Gefällt es dir nicht?«

Ich schüttelte den Kopf. »Ich finde, dass du so, wie du bist, einfach gut aussiehst! Ich begreife gar nicht, wie man sich so etwas antun kann. Das tut doch bestimmt weh!«

»Wer sagt eigentlich, dass es in Ordnung ist, wenn sich Frauen Löcher in ihre Ohrläppchen stechen lassen, aber nicht durch die Nase? Wo ist denn da der Unterschied? Und falls du es noch nicht weißt: Frauen sind es gewöhnt, Schmerzen auszuhalten, nur um gut auszusehen. Die Beine mit Heißwachs enthaaren? Das tut höllisch weh! Augenbrauen zupfen? Das piekst ganz gewaltig! Hohe Absätze tragen? Damit fange ich gar nicht erst an! Ganz zu schweigen von Zahnspangen, plastischer Chirurgie und Krebs erzeugender Sonnenbräune. Was ist also so schlimm daran, wenn ich mir ein kleines Loch in die Nase stechen lasse?«

Ich war sprachlos. Holly holte Luft.

»Du musst ein bisschen offener werden, Oklahoma-Boy«, zog Holly mich auf und trat unter dem Tisch gegen mein Schienbein. »Und überhaupt, vielen Dank!«

»Wofür?«

»Dass du gesagt hast, du findest mich gut aussehend!« Sie legte ihren Kopf leicht zur Seite und strahlte wie ein Honigkuchenpferd.

Wahrscheinlich hatte sie Recht. Ein bisschen Gold an ihrem Nasenflügel konnte ihrem Aussehen bestimmt nicht schaden. Sie würde selbst noch mit Antennen auf dem Kopf gut aussehen.

»Da ist eure gemischte Platte!«, sagte Eun Hee und platzierte ein Tablett von gigantischem Ausmaß auf unserem Tisch. Schüsseln mit Reis, Suppe, dutzende kleiner Schälchen mit verschiedenen Fleisch- und Gemüsesorten standen vor uns und dufteten verführerisch. »Lasst es euch schmecken! Guten Appetit!«

»Vielen Dank!«, sagten Holly und ich gleichzeitig.

Ich wusste überhaupt nicht, womit ich anfangen sollte. Zum Glück übernahm Holly die Regie und erklärte mir jedes einzelne Gericht. Sie zeigte mir auch, wie man mit Stäbchen essen konnte, aber das lehnte ich dann doch entschieden ab. Ich hatte keine Lust mich zu blamieren.

Das Essen war hervorragend. Es gab ein zartes Fleisch, das Holly *Bulkogi* nannte, dann das *Chapchae*, das ich neulich schon probiert hatte, und *Kimchee*, eine bunte Mischung aus mariniertem Gemüse. Außerdem kostete ich *Kimbap*, das ein wenig an Sushi erinnerte, und etwas, das wie Meeresalgen aussah; und schließlich noch ein Nudel-gericht, das sich *Yakimandu* nannte.

»Was ist das?«, fragte ich und deutete auf eine Schüssel, in der sich eine dampfende Flüssigkeit befand.

»Das ist *Kimchee chighe*. Eine scharfe Gemüsesuppe. Sie schmeckt sehr lecker – aber pass auf, da ist 'ne Menge Pfef-fer drin!«

»Das macht mir nichts«, sagte ich und schlürfte einen großen Löffel voll. »Ich mag es, wenn das Essen gut ge-würzt ist. Ich nehme immer am liebsten scharfe Soße zu meinen Tacos ... aaaahhhh!« Mein Mund fühlte sich an, als würde darin gerade eine Bombe explodieren.

»Alles in Ordnung?«, fragte Holly besorgt.

Aber ich saß einfach nur da und hustete und hechelte wie ein Hund.

»Mensch, das tut mir so schrecklich Leid!«, sagte Holly in einem Anflug von Panik. »Ich hätte dich warnen sollen! Das Zeug schmeckt gut, aber es ist total scharf, wenn man es nicht gewohnt ist!«

Mein Mund fühlte sich an, als befände ich mich gerade auf dem Behandlungsstuhl eines Kieferchirurgen, mein Magen hatte sich völlig verkrampft und es tat weh, Luft zu holen. Das war's dann wohl, dachte ich. Das ist eine sel-tene, dafür aber tödliche allergische Reaktion auf *Kimchee chighe*.

Ich konnte nicht sprechen, aber ich heftete meine trä-nenden Augen auf Holly und versuchte, ihr eine telepathi-sche Mitteilung zu schicken: Du bist das schönste und un-glaublichste Mädchen, das mir je begegnet ist. Vielen Dank für die schöne, aber viel zu kurze Zeit mit dir. Sag Sean, dass es mir Leid tut. Und sag meinen Eltern, dass ich sie geliebt habe. Damon darf meinen Computer haben. Auf Wiedersehen, grausame Welt!

Ich hustete mir beinahe die Seele aus dem Leib und legte schließlich meine Stirn auf den Tisch. Irgendjemand schien meinen Rücken mit Holzknüppeln zu bearbeiten. Als ich hochblickte, bemerkte ich, dass es Holly war, die mir kräftig auf die Schultern klopfte.

»Hier«, sagte sie und ihre Stimme schien von weit her zu kommen. »Iss ein wenig davon!«

Sie gab mir ein paar Blätter Salat, und gehorsam fing ich an, darauf herumzukauen. Langsam ließ der Schmerz nach, das Feuer loderte nicht mehr ganz so kräftig, der Husten wurde schwächer und ich konnte wieder atmen.

Ich blickte auf und da stand Holly wie ein barmherziger Engel vor mir.

»Ich glaube, mir geht es wieder besser!«, sagte ich gedämpft.

»Oh, Gott sei Dank! Ich habe mich beinahe zu Tode erschrocken! Dein Gesicht hat in allen möglichen Farben geleuchtet – du sahst aus wie ein Weihnachtsbaum! Ich hatte schon befürchtet, Mund-zu-Mund-Beatmung machen zu müssen!«

Hm. Einen kurzen Moment lang überlegte ich, ob ich einen neuen Anfall vortäuschen sollte. Aber dann entschied ich mich dagegen.

Während Holly ihren Teller leer aß, kaute ich auf meinem Reis herum. Es kam mir vor, als würde der Reis die

Schmerzen in meinem Mund lindern. Ich war sowieso nicht mehr in der Lage, meine Geschmacksnerven neu zu aktivieren.

»Und zum Nachtisch«, verkündete Eun Hee und stellte einen kleinen Plastikteller auf den Tisch, »gibt es für jeden einen Glückskeks. Vielen Dank und kommt bald wieder!«

»Darauf freue ich mich immer am meisten«, sagte Holly und reichte mir einen der beiden Glückskekse, während sie den anderen in der Mitte durchbrach. »Du zuerst! Lies vor!«

Ich zerbrach den Keks in der Mitte. »Hier steht: *Freunde in der Not gehen tausend auf ein Lot*. Wow! Das habe ich schon mal gehört.«

»Hm. Passt das zu dir? Was meinst du?«

Ich dachte daran, dass Sean alleine in Garys Wohnung herumsaß, Cola trank und vor dem Fernseher hockte. Eine Nanosekunde lang fühlte ich mich schrecklich elend. Er war ein echter Freund.

»Keine Ahnung. Und was steht bei dir?«, fragte ich, um das Thema zu wechseln.

»Da steht: *Die Liebe ist ein seltsames Spiel*. Als ob ich das nicht wüsste!« Sie rollte mit den Augen.

»Passt das denn zu deinem Leben?«

»Keine Ahnung!«, antwortete sie mit einem schiefen Grinsen.

Auf dem Weg zur Kasse diskutierten wir darüber, wer bezahlen sollte. Zuerst wollte Holly mich einladen, dann beharrte sie darauf, mindestens die Hälfte beizusteuern, aber am Ende hatte ich gesiegt. Ich reichte der Kassiererin die Kreditkarte meines Vaters und sagte ihr, dass das in Oklahoma so üblich sei.

»Es gibt also doch noch Kavaliere«, stellte sie fest.

Als wir zur Tür liefen, betrat gerade ein Mann das Restaurant. Ich warf nur einen kurzen Blick auf ihn, dann schnappte ich nach Luft – dieser Mann war Bruce Willis! Bruce Willis, Macho-King, Idol meiner Jugend, *der* Inbegriff von Männlichkeit, *der* Bruce Willis! Ich blinzelte ein paar Mal heftig und befürchtete, dass das *Kimchee chighe* bleibende Schäden hinterlassen hatte und ich nun unter Halluzinationen litt. Aber er war es wirklich. Er war ganz normal gekleidet, trug ein weißes Hemd und Jeans, aber seine Augen und seine Kinnpartie waren unverwechselbar.

Ich stand wie versteinert da. Meine Hand schien wie am Türgriff festgefroren. Ich starrte ihn unentwegt an. Holly, die ihn noch nicht gesehen hatte, rannte mich beinahe über den Haufen.

Bruce schien uns zu bemerken. »Hi«, sagte er und nickte uns höflich zu. Dann kamen Eun Hee und ein paar andere Bedienungen auf ihn zu und begrüßten ihn.

»Komm schon«, sagte Holly und zog mich durch die Tür.

»D-D-Das war … war …«

»Ja, das war er.«

»Aber du hast doch gesagt, dass hier in Newport Beach keine Filmgrößen auftauchen.«

»Hin und wieder passiert es dann doch, dass der eine oder andere seinen Weg zu den kleinen Leuten findet – ganz besonders, wenn ein Ort gerade angesagt ist.«

»Er sah so – so normal aus.«

»Was dachtest du denn?«, fragte sie und ging mit mir über die Straße. »Hast du erwartet, dass er drei Arme hat?«

»Ich habe einfach nicht damit gerechnet, dass er so völlig normal aussieht.« Ich war ganz aufgeregt, einer so berühmten Persönlichkeit über den Weg gelaufen zu sein, und gleichzeitig fühlte ich mich plötzlich schrecklich unsicher. Vielleicht war es völlig egal, wie man aussah oder was für einen Charakter man hatte. Vielleicht war es genetisch angelegt, ob man in einer Menge auffiel – wie bei Bruce oder Sean. Ich hatte das dumpfe Gefühl, dass ich niemals so cool sein würde wie die beiden, egal, wie sehr ich mich auch bemühte.

»Was denkst du?«, fragte sie.

»Mensch – Bruce Willis«, murmelte ich vor mich hin. »Ich kann es einfach nicht glauben, Bruce Willis begegnet zu sein.«

»Herrje – ich hätte nicht geglaubt, dass du so begeistert davon sein würdest, einem Filmstar zu begegnen. Also, für zehn Dollar mache ich eine Tour mit dir. Siehst du da vorne das Geländer? Johnny Depp hatte sich kürzlich daran gelehnt. Oh, und siehst du dort den Küstenstreifen? Da haben sie vor einem Jahr einen Werbefilm gedreht. Oder möchtest du den Sand an der Stelle dort berühren – Kathy Ireland hat da gesessen!«

»Ja, schon gut!«

»Ooh, sieh mal! Ein Kaugummi-Papier. Ich wette, Roseanne hat es fallen lassen!« Ich hatte mich zu ihr hinübergelehnt und zog ihr die Kappe mit dem Emblem der 49ers vom Kopf. »Was haben wir denn da?«, zog ich sie auf. »Warte! Ich kann Schwingungen spüren … Die Person, der dieser Hut gehört, wird einmal sehr berühmt werden!«

»Gib ihn wieder her!«, brüllte sie, aber sie musste dabei lachen.

»Auf gar keinen Fall. Der wird eines Tages ein Vermögen wert sein. Oh, ich kann die Botschaft lesen, die diese Kappe aussendet. Sieh mal, ich bekomme wieder eine Botschaft. Ich sehe dich, wie du in fünf Jahren sein wirst. Du vertrittst eine berühmte Restaurant-Kette. Die Leute stehen Schlange, nur um dich zu sehen. Du lächelst sie an. Du trägst eine Kopfbedeckung, die dieser Kappe sehr ähnlich ist. Nur steht da ein anderes Emblem drauf. Warte … da steht … einen Augenblick, das Bild ist ein bisschen verschwommen … ah, jetzt kann ich es lesen! Da steht Taco Bell drauf!«

»Du bist blöd!«

Sie versuchte ihre Kappe zurückzuerobern. Wir stolperten gegenseitig über unsere Füße und fielen rückwärts in den Sand. Holly hörte nicht auf zu kämpfen und wir kugelten gemeinsam durch den Sand und rangelten miteinander wie zwei Straßenkatzen.

Als ich schließlich ihre Handgelenke mit einer Hand umklammern konnte und in der anderen Hand noch immer ihre Kappe hielt, lachte sie und sagte: »Okay! Okay! Ich ergebe mich! Kann ich bitte meine Kappe wiederhaben?«

»Warte«, sagte ich langsam, ließ ihre Handgelenke los und blickte ihr tief in die Augen. »Ich empfange soeben eine neue Botschaft! Ich kann die unmittelbare Zukunft erkennen!«

»Und was siehst du?«, fragte sie leise.

»Ich zeige es dir!« Ich drückte meine Lippen ganz sanft auf ihre und im nächsten Moment küssten wir uns.

Den Weg zurück zu Garys Wohnung lief ich wie in Trance. Allen äußeren Anzeichen nach hätte man glauben können, ich hätte eine Grippe: Ich fühlte mich ganz heiß und schwach, und mein Puls raste! *Was für ein Kuss!* Ich hätte nie geglaubt, dass die bloße Berührung zweier Körperteile eine solche Explosion von Gefühlen hervorrufen könnte. Es war zwar auch sehr nett gewesen, Tasha zu küssen, aber Hollys Kuss hatte mich richtiggehend elektrisiert.

Wir hatten uns an den Strand gesetzt und den Wellen zugeschaut, bis mir auf einmal einfiel, dass ich mich wohl langsam auf den Heimweg machen sollte. Als wir uns verabschiedeten, lud Holly mich ein, später bei ihr im Café vorbeizukommen. Sie wollte mich ihrem Dad vorstellen und anschließend könnten wir gemeinsam auf eine Weihnachtsparty gehen. Dann gab sie mir einen Kuss. Ohne meinen Verstand einzuschalten, stimmte ich ihrem Vorschlag begeistert zu.

Mir würde schon etwas einfallen, wie ich sie wiedersehen konnte. Der Tag hatte bisher schon wahre Wunder für mich bereitgehalten.

Ich beschloss, nicht auf den Aufzug zu warten und nahm

die Treppen. Den ganzen Weg nach oben summte ich vor mich hin. Als ich auf dem richtigen Stockwerk angekommen war, sah ich Sean, der vor der Tür von Garys Nachbar stand. Der Anblick traf mich absolut unerwartet und so blieb ich für einen Moment völlig regungslos stehen.

Sean entdeckte mich und schreckte zusammen: »Was machst du denn hier? Wie lange stehst du da schon rum? Spionierst du mir etwa nach?«

»Ähm, ich bin gerade gekommen.« Ich verstand nicht, warum er so wütend war.

»Ich habe gerade den Mopp zurückgebracht, den ich mir von Garys Nachbar ausgeliehen hatte«, erklärte Sean und deutete mit einem Kopfnicken zur Tür. »Mehr nicht.«

»Schon gut!«

Sean stapfte durch den Flur und öffnete die Tür zu Garys Wohnung. »Was ist?«, fragte er. »Kommst du rein oder nicht?«

»Ich komme«, murmelte ich, dann lief ich Sean hinterher.

Freunde in der Not ... Der Spruch in meinem Glückskeks kam mir wieder in den Sinn. Mit einem Schlag fiel die ganze Aufregung von mir ab. Kein Wunder, dass Sean mich so anschnauzte. Während ich unterwegs gewesen war und mich mit einem Mädchen getroffen hatte, war ihm nichts Besseres eingefallen, als die Wohnung seines Onkels zu putzen.

Was war ich nur für ein mieser Freund.

Sean

Mann, was war ich nur für ein mieser Kerl! Ich hatte meinen Freund überredet, mit mir nach Kalifornien zu kommen, und ihm war so langweilig, dass er auf der Suche nach Abwechslung stundenlang im Postgebäude herumhing. In der Zwischenzeit hatte ich mich über den Flur geschlichen und ein Mädchen geküsst. Und was für ein Mädchen! Und wie sie erst küsste! Ein Mädchen, das so unglaublich war, dass ich dahinschmolz, wenn sie mich nur ansah.

Reg dich ab, Foster! Mach mal halblang!, versuchte ich mich zu beruhigen.

Ich beschloss, die Sache ein für alle Mal zu beenden. Es würde zwar ein paar Tage dauern, bis ich sie mir aus dem Kopf geschlagen hatte. Schicksal! Noch mehr als eine Woche in Kalifornien lag vor uns. Eine Menge Zeit, unsere Mission zu erfüllen. Das war ich mir selbst schuldig. Und Devin.

Alles, was ich tun musste, war, Alex aus dem Weg zu gehen und mich auf Entzug zu setzen. Allerdings zog mich dieses Mädchen magisch an – und jedes Mal, wenn ich in ihrer Nähe war, brachte sie mich ganz durcheinander. Ich wusste zwar, dass es nicht die feine Art war, sie einfach vor den Kopf zu stoßen, aber ich wollte lieber das in Kauf nehmen, als später wieder so verletzt zu werden.

»Hör zu, Devin«, sagte ich. »Ich weiß, dass wir bis jetzt noch nichts Besonderes unternommen haben. Tut mir Leid, Kumpel. Aber langsam gewöhne ich mich daran, Urlaub zu haben.«

»Mach dir keine Sorgen«, sagte er. »Auch mir tut das alles Leid. Ich habe eine Weile gebraucht, mich ... mich hier einzuleben. Außerdem hatten wir beide Besorgungen zu erledigen – wegen Weihnachten, und überhaupt.«

»Ja.« Ich fühlte mich schrecklich schuldig, als ich daran dachte, dass ich immer noch kein Geschenk für Devin hatte. Er hatte das, was er mir schenken wollte, längst eingepackt. Ich dagegen hatte noch immer nicht die geringste Idee, worüber er sich freuen könnte. Mir blieb noch ein einziger Tag. Am besten, ich bat später mal Gary um Hilfe – er machte immer so tolle Geschenke.

Devin trommelte mit seiner Hand nervös auf den Knien herum. Er war völlig in Gedanken versunken – das passierte ihm in letzter Zeit häufiger. Wahrscheinlich musste er noch immer an die Geschichte mit Tasha und Brad Culpepper denken. Vielleicht war das auch der Grund, warum er ständig zum Joggen ging – er versuchte bestimmt, auf diese Weise all das zu vergessen – so ähnlich wie ich, der ich zu Hause wie ein Wilder die Hanteln gestemmt hatte! Wir waren jetzt schon fünf Tage in Kalifornien, und ihm ging es keinen Deut besser.

»Ich hab's!«, verkündete ich. »Was hältst du davon, wenn wir heute Abend mit Gary zum Bowling gehen?«

»Am Heiligen Abend?«

»Warum nicht? Wir feiern sowieso erst morgen, weil Gary so viel um die Ohren hat. Das ist zwar nicht unbedingt das, was Otto Normalverbraucher am Heiligen Abend macht, aber wen interessiert das schon? Und überhaupt, hast du eine bessere Idee? Sollen wir etwa Weihnachtslieder singen?«

Ganz bestimmt gehörten Devin und seine Familie zu der Sorte Menschen, die den Heiligen Abend tatsächlich damit zubrachten, Weihnachtslieder zu singen. Devin öffnete den Mund, als wollte er protestieren, doch dann schloss er ihn wieder. Eine Minute lang schien er völlig abwesend zu sein, dann nickte er. »In Ordnung. Lass uns zum Bowling gehen.«

»Klasse! Das wird bestimmt super!« Ich fühlte mich gleich viel besser.

»Ich muss nur noch schnell … äh, einkaufen gehen«, sagte er und stand auf. »Ich werde uns noch schnell ein paar Getränke besorgen.«

»Mach nur. Wir haben sowieso nicht mehr so viel im Kühlschrank.«

Nachdem Devin gegangen war, dachte ich wieder über Alex nach. Obwohl ich mich vorhin ihr gegenüber so seltsam verhalten hatte, rechnete sie bestimmt noch immer damit, dass ich heute Abend zum Essen vorbeischauen würde. Das war nun allerdings unmöglich geworden. Also musste mein Beschluss, sie nicht mehr zu sehen, gleich heute in die Tat umgesetzt werden. Außerdem hatte ich Devin ja gerade versprochen, den Abend gemeinsam mit ihm zu verbringen. Allerdings konnte ich Alex doch nicht einfach versetzen. Das wäre wirklich mies. Und überhaupt, was wäre, wenn sie plötzlich rüberkäme, um zu fragen, was mit mir los war? Wie sollte ich das den anderen erklären?

Nein, ich musste meine Verabredung persönlich absagen und ihr ein letztes Mal unter die Augen treten.

Ich lief über den Flur, klopfte an die Tür, und versuchte, mich so gut es ging gegen Alex' enttäuschten Blick zu wappnen, wenn ich es ihr sagen würde. Bleib ruhig, Foster, redete ich mir gut zu. Lass dich nur nicht wieder von deinen Gefühlen überwältigen.

Gabriel öffnete mir die Tür. »Hallo! Als wir vom Einkaufen zurückkamen, warst du schon verschwunden. Du hast das erste Blech Tamales, das Großmutter gebacken hat, schon verpasst, und dabei waren da welche von denen dabei, die du gemacht hast. Ein paar waren so riesig, dass sie zerbrochen sind, aber sie haben trotzdem gut geschmeckt. Magst du mal probieren?«

Mir wurde beinahe schwindlig vom Zuhören, so schnell redete er. »Äh, nein. Aber vielen Dank. Ist Alex da?«

»Ja. Aber sie duscht gerade. Sie sagte, dass sie nach Essen riecht und wollte sich für heute Abend schick machen. Es gibt Unmengen zu essen. Onkel Michael hat seine Gitarre mitgebracht und ganz bestimmt wird er uns was vorsingen. Eigentlich kann er ja ganz gut singen, aber er kennt nicht so viele gute Lieder. Magst du – ?«

»Hör mal zu, Gabriel. Äh ... es tut mir schrecklich Leid, aber ich werde heute Abend leider doch nicht mit euch feiern können.«

»Wirklich? Warum denn nicht?«

»Äh ... mein Onkel hat schon etwas anderes mit uns vor. Du weißt schon ... Familienfest und so.«

Ich war darauf vorbereitet gewesen, in Alex' enttäuschtes Gesicht zu blicken – aber es machte mich völlig fertig zu sehen, wie sehr Gabriel enttäuscht war. Er blickte wie ein trauriges Hündchen. Ich kam mir wie ein elender Schuft vor.

»Es tut mir wirklich Leid, Junge«, sagte ich und fuhr ihm mit der Hand durch die Haare.

»Kommst du dann wenigstens morgen? Wir essen immer gemeinsam Schinken, sobald wir unsere Geschenke ausgepackt haben. Und im Fernsehen wird ein Football-Spiel übertragen!«

»Geht nicht, leider. Aber trotzdem viel Spaß. Ich hoffe, der Spieler im roten Trikot enttäuscht dich nicht.«

»Danke«, sagte er leise und blickte zu Boden.

»Also, ich muss jetzt los. Sag deiner Familie, dass ich euch allen fröhliche Feiertage wünsche. Es hat mir viel Spaß gemacht, alle kennen zu lernen.«

»Ich werd's ausrichten. Tschüss.« Er warf mir einen letzten, traurigen Blick zu, dann schloss er die Tür.

Wenigstens musste ich Alex nicht in die Augen blicken, dachte ich, als ich zurück zu Garys Wohnung lief. Aber Gabriel enttäuschen zu müssen, machte die Sache auch nicht besser.

Als ich zurück ins Apartment kam, stand Gary am Esstisch und schaute seine Post durch.

»Hallo Sean! Ich habe mir gedacht, dass du nicht weit sein kannst, weil die Tür nicht abgeschlossen war. Wo warst du? Und wo ist Devin?«

»Er ist schnell über die Straße, um Getränke zu kaufen, und ich ... also ... ich bin nur ein bisschen durch die Gegend spaziert, um meinem Knie etwas Bewegung zu verschaffen. Aber weißt du was? Ich hab ein paar tolle Neuigkeiten für uns, Gary!«

»Ach ja? Was für Neuigkeiten denn?«

»Wir drei werden heute Abend zusammen Bowling spielen gehen! Nur wir Männer – wir werden uns sicher prima amüsieren!«

»Heute? Äh ... bist du dir wirklich sicher, dass du heute, am Heiligen Abend, Bowling spielen willst?«

»Warum nicht? Stell dich doch nicht so an! Ich habe mich so darauf gefreut, dass wir ein paar nette Männerabende erleben. Und beim Bowling hatten wir immer eine Menge Spaß, oder etwa nicht?«

»Ja. Ja, da hast du Recht. Es ist nur ... nun ja ... also, ich muss noch schnell mal telefonieren. Ich muss noch ein paar Sachen im Hotel abklären, bevor wir losziehen können.«

»Also abgemacht? Oh, und überhaupt, ich brauche noch einen Rat von dir. Hast du eine Idee, was ich Devin zu Weihnachten schenken könnte?«

In diesem Moment wurde die Tür geöffnet und Devin kam herein. Er trug eine Kiste Dr Pepper-Cola.

»Hallo!«, sagte er.

»Auch hallo!« Ich wandte mich wieder an Gary. »Ich erzähl's dir später, okay?«

»Klar. Ich erledige jetzt schnell mal den Anruf!« Gary lief in sein Schlafzimmer.

»Oh, und Gary?«, rief ich ihm hinterher. »Tut mir Leid, dass ich vorhin die Tür nicht abgeschlossen habe!«

»Schon gut. Halb so schlimm. Ich habe zum Glück die besten Nachbarn, die man sich nur wünschen kann!«

Allerdings, dachte ich seufzend.

Eigentlich gehe ich ganz gerne Bowling spielen. Nirgendwo sonst können zwölf verschiedene Gruppen nebeneinander ihren eigenen sportlichen Wettkampf austragen. Nirgendwo sonst kann man einen extrascharfen Hotdog mit Chili-Soße essen und zwischendurch noch Flipper spielen. Nirgendwo sonst ist es völlig normal, dass die Leute hässliche Schuhe und schreckliche T-Shirts tragen und selbst der jämmerlichste Waschlappen zum echten Star werden kann. Ein Paradies für Männer!

Leider wurde unser Abend ein ziemlicher Reinfall.

Wir fanden zwar ein Bowling-Center, das geöffnet hatte, aber außer uns war kaum jemand dort. Wenigstens hatten wir die Wahl zwischen unzähligen verschiedenen Bahnen, Schuhen und Kugeln.

»Wer fängt an?«, fragte ich und drehte eine Kugel in meinen Händen. »Oder sollen wir zuerst ein Armdrücken veranstalten und der Sieger fängt dann an?«

»Fang du nur an!«, sagte Devin. »Mir ist es völlig egal!«

»Ja, Sean, leg ruhig los! Ich schreib die Ergebnisse auf«, fügte Gary hinzu.

Irgendwie machten die beiden den Eindruck, als wären sie in Gedanken ganz weit weg. Gary dachte wahrscheinlich an seinen Job – wie immer! Und Devin hatte bestimmt Heimweh nach seiner Mommy und seinem Daddy!

Zugegeben, ich war auch nicht ganz bei der Sache. Ich fühlte mich ganz elend bei dem Gedanken, was Alex und Gabriel jetzt wohl von mir dachten. Aber ich war noch immer überzeugt, dass wir uns ganz sicher blendend amüsieren würden.

Ich stellte mich mit der Kugel in der Hand in Position und beschloss, eine Show abzuziehen, um die Stimmung anzuheizen. »Und nun sehen sie den großen Favoriten bei den Vorbereitungen zu seinem ersten Wurf: Achten Sie auf seine vorbildliche Körperhaltung! Jetzt nimmt er Anlauf – sein Gang ist ein wenig steif, da sein verletztes Knie bandagiert ist –, mit seinem Arm holt er dynamisch aus und … Bam! Die Kugel rollt! Acht Kegel fallen bereits beim ersten Wurf! Er ist der Mann, den es zu schlagen gilt!«

Gary verdrehte die Augen und Devin schüttelte den Kopf, als ich zurückstolzierte, um mir eine zweite Kugel zu holen. Wenn ich noch ein bisschen weiterquasseln würde, wären sie bestimmt bald mit Begeisterung dabei!

»Unser Champion bereitet sich auf seinen nächsten Wurf vor! In der Halle herrscht Totenstille! Alle warten gespannt …«

»Totenstille ist wohl etwas übertrieben«, witzelte Gary.

»Und wieder erinnert seine Körperhaltung mehr an ein Kunstwerk als an harte körperliche Arbeit. Seine Kraft ist beispiellos! Er holt Schwung, lässt die Kugel rollen ... und Treffer! Wieder fällt ein Kegel um!«

Gary notierte meine Punkte, schlug mir freundschaftlich auf den Rücken und griff nach einer Kugel.

»Der nächste Starter ist Gary McGonagle, ein schon etwas älterer Spieler!« Meine Rolle als Reporter fing an, mir Spaß zu machen.

»He, pass auf!«, sagte er. Er holte mit seinem Arm weit aus und schickte die Kugel kraftvoll über die Bahn.

»Volltreffer! Alle zehn mit einem Wurf! Nicht schlecht für den Senior auf der Bahn! Anscheinend zeigt das Ginseng-Tonikum bereits Wirkung!«

Gary lief an mir vorbei und klopfte mir aufmunternd auf die Schulter. Jetzt war Devin an der Reihe.

»Am Start sehen sie jetzt das neueste Mitglied der Gruppe, den jungen Mr Devin Schaub! Er wird vom Champion persönlich trainiert. Auffällig, wie sehr seine Körperhaltung der seines Trainers ähnelt – allerdings fehlt noch ein wenig von der Professionalität, die unser Favorit an den Tag legt. Leider macht er gerade eine ziemlich unhöfliche Handbewegung in die Richtung des Reporters – das gibt mit Sicherheit Punktabzug! Mit stoischer Ruhe bereitet er sich auf seinen Wurf vor, macht einen Schritt nach hinten – und legt los! Wow! Fünf Treffer! Aber leider nicht ganz das Ergebnis, das wir erhofft hatten!«

»Schon gut, Devin!«, rief Gary ihm zu. »Mach dir bloß keine Gedanken! Du bist unser Mann!«

Eine Weile noch spielte ich den coolen Reporter, lobte mich in den Himmel, wenn ich dran war, und zog über meine Gegner her, als sie an der Reihe waren. Aber als Gary und Devin auch nach mehreren Runden noch nicht auf mein Spielchen eingingen, kam ich mir allmählich ziemlich blöd vor und hörte damit auf.

Ich erzählte ihnen ein paar schmutzige Witze, aber ihr Lachen kam mir ziemlich gekünstelt vor. Ich schwärmte von Garys neuem Jeep und fragte ihn, wie viel PS und welche Ladekapazität das Ding denn hatte, aber die ganzen technischen Daten interessierten ihn überhaupt nicht. Ich fragte Devin, ob ihm das Joggen noch immer so viel Spaß machte, aber auch er war nicht von der Auswahl meiner Gesprächsthemen begeistert. Alle meine Versuche, Stimmung in den Laden zu bringen, gingen in die Hose.

Ich wagte einen letzten Versuch und kam auf ein Thema zu sprechen, das seine Wirkung eigentlich nie verfehlte: Profi-Football!

»Na, was hältst du von den 49ers?«, fragte ich und stieß Gary mit dem Ellenbogen in die Seite. »Habe ich dir nicht gesagt, dass sie es bis zu den Playoffs schaffen würden? Sie stehen jetzt sogar im Endspiel!«

»Ja. Es sieht gut aus für sie!«

»Was meinst du, Schaub?«, fragte ich. »Green Bay steht zwar auch ganz gut da, aber San Fran hat eindeutig die besseren Karten. Und wenn's trotzdem schief geht, werden sie es mit Fassung tragen. Wie echte Männer. Du kannst dich drauf verlassen, die 49ers wissen, was man von ihnen erwartet und spielen dementsprechend!«

»Können wir nicht endlich mal das Thema wechseln?«
Devin war genervt. Er verzog das Gesicht und knirschte
mit den Zähnen. Genauso hatte er wohl auch ausgesehen,
als er Tasha mit Brad auf frischer Tat erwischt hatte.

»He, Kumpel, was ist los?«

»Ach nichts. Vergiss es einfach. Ich hole mir jetzt einen
Hotdog.« Er stand auf und ging zur Cafeteria.

»Hm … Was ist denn mit dem los?«, wollte ich von
Gary wissen. »Hast du eine Ahnung, welche Laus ihm über
die Leber gelaufen ist?«

»Nee. Aber vielleicht ist er mehr ein New-York-Giants-
Fan?« Gary massierte sich mit der Hand die Stirn, als habe
er schreckliche Kopfschmerzen.

Ich konnte es einfach nicht fassen, dass unser Männer-
abend in einer echten Katastrophe endete. Wir waren extra
nach Kalifornien gekommen, um uns zu amüsieren und
unser Selbstbewusstsein aufzumöbeln! Und das war dabei
herausgekommen!

»Auch egal!«, brummelte ich missmutig vor mich hin.
»Soll Devin sich eben wie ein trotziges Kleinkind auffüh-
ren! Er hat ganz bestimmt nur Heimweh. Oder aber er ist
sauer, dass ich wieder mal besser war als er, obwohl mein
Knie immer noch nicht in Ordnung ist. Egal. Du und ich,
wir können auch alleine unseren Spaß haben, nicht wahr,
Gary?«

»Du sagst es. Ein Abend wie aus dem Bilderbuch!« Er
kam zu mir gelaufen und versetzte mir einen Klaps auf den
Rücken, wie er es immer tat, wenn wir herumalberten.
Aber dieses Mal kam es mir so vor, als wäre alles anders als

sonst. Ich hatte das Gefühl, als kümmere er sich aus purem Pflichtgefühl um mich – oder, was noch schlimmer war, aus Mitleid.

Gary und ich spielten das Spiel zu zweit zu Ende, aber ich traf überhaupt nicht mehr. Aus irgendeinem Grund kam es mir auf einmal so vor, als sei ich einer der Kegel, die da am Ende der Bahn standen. Zuerst Jo Beth, dann der Talentscout aus Florida, Onkel Gary, Devin und unser Männerpakt – sie alle schienen Bowling-Kugeln zu sein, die mich der Reihe nach überrollten! In letzter Zeit bekam ich einfach gar nichts mehr geregelt! Ich meine, Alex war zwar so ziemlich das Beste, was mir seit langem passiert war, aber selbst nur an sie zu denken, hatte ich mir verboten. Das Einzige, was ich tun konnte, war hilflos dazustehen und zu warten, bis ich wieder überrollt wurde, wieder und wieder …

A m anderen Morgen stand ich zeitig auf. Ich musste Holly sehen! Ich hatte sie gestern von einer Telefonzelle vor dem Supermarkt angerufen, aber sie war nicht zu Hause gewesen. Ich hinterließ ihr zwar eine Nachricht, dass wir mit Garys Auto eine Panne hätten und irgendwo Downtown Los Angeles gestrandet wären, aber ich hatte mich ziemlich mies dabei gefühlt und deshalb wahrscheinlich auch überhaupt nicht überzeugend geklungen.

Ich zog mir schnell meine Klamotten über und kritzelte für Sean und Gary auf einen Zettel, dass ich joggen gegangen war – das war noch nicht einmal gelogen, denn ich rannte den ganzen Weg zum *Blinkers*. Als ich ankam, fand ich aber nur einen Zettel am Eingang: »Weihnachten geschlossen«. Der ganze Weg war umsonst gewesen!

Ich lief zurück zu Garys Apartment und dachte über alles nach, was in letzter Zeit geschehen war. Wenn Sean doch nur nicht so auf seinen blöden Pakt bestehen würde – dann wäre alles nicht so schrecklich kompliziert. Dieses Lügen und heimliche Davonschleichen hätten endlich ein Ende und ich könnte Holly und Sean einander vorstellen. Ich war mir sicher, sie würde ihm gefallen! Aber Sean war geradezu fanatisch, was seinen Pakt betraf. Wenn herauskommen würde, dass ich mich die ganze Zeit über heimlich mit Holly traf, würde er mir entweder befehlen, sie nie wieder zu treffen, oder aber er würde mir das Leben zur Hölle machen. So, wie die Dinge momentan standen, konnte ich Holly wenigstens hin und wieder treffen.

Da tauchte plötzlich eine mir vertraute Gestalt auf. Ein Mädchen mit unglaublich langen Beinen und einer 49er Kappe auf dem Kopf joggte am Strand entlang. Holly!

»He! Holly! Hier bin ich!« Ich rannte zu ihr hin. Als ich sie eingeholt hatte, joggte ich neben ihr her. Sie sah mich, aber sprach kein Wort mit mir.

»Ich war gerade am *Blinkers*. Ich hatte gehofft, dich dort zu treffen.«

Noch immer keine Antwort.

»Ich weiß, dass du ganz bestimmt sauer auf mich bist wegen gestern Abend. Ich wäre wirklich gern gekommen, aber … aber das Auto sprang einfach nicht an. Es war ziemlich frustrierend.«

Holly atmete seufzend aus, aber ihre grünen Augen blickten noch immer geradeaus ins Leere.

»Es tut mir wirklich schrecklich Leid! Ich wollte dich so gern treffen! Ich konnte wirklich nicht! Gibst du mir noch eine Chance? Bitte!«

Plötzlich hörte sie auf zu joggen; ich war schon ein paar Meter weiter am Strand entlanggerannt, bevor ich es bemerkte. Als ich zu ihr zurückgelaufen war, saß sie im Schneidersitz am Strand und starrte auf das Wasser.

»Ich habe gestern großartig ausgesehen, ehrlich!«, sagte sie, ohne mich anzuschauen. »Ich hatte ein schwarzes Kleid angezogen und antike Ohrringe. Meine Haare standen nicht wie sonst in alle Richtungen ab, sondern fielen so, wie sie fallen sollten. Sogar am Parfüm hatte ich nicht gespart.«

Ich fühlte mich plötzlich, als ob ich auf Treibsand stehen würde und langsam nach unten glitt.

»Aber der wahre Grund, warum ich so toll ausgesehen habe, war der, dass ich von innen heraus gestrahlt habe«, fuhr sie fort. »Ich hatte mich so darauf gefreut, dich zu sehen! Ich hatte mich schon lange nicht mehr so gut gefühlt!«

Schon wieder hatte ich das Gefühl im Sand zu versinken.

»Ich habe auf deinen Anruf gewartet und gewartet. Endlich fiel mir auf, dass der Anrufbeantworter blinkte. Ich hörte die Nachricht: »Tut mir Leid«, hast du gesagt. »Wir haben eine Panne!« Jetzt sah sie mir direkt in Augen. »Wo genau in Los Angeles seid ihr eigentlich liegen geblieben?«

Mein Kopf rauchte. Ich durfte auf keinen Fall was Falsches sagen! »Vor der Arztpraxis. Dr. Culpepper. Mein Kumpel Sean ist immer noch krank und wir hatten ihn dorthin gebracht!«

»Mmmm«, murmelte Holly und nickte. Mir kam es so vor, als würde sie mich ins Kreuzverhör nehmen. »Was hat er eigentlich? Irgendeinen Virus?«, wollte sie wissen.

»Äh … ja. Einen schrecklichen Virus. Den hat er sich wahrscheinlich im Flugzeug geholt. Der Arzt hat zu ihm gesagt, er soll die Dinge langsam angehen.« Ich merkte, dass sie mich auf die Probe stellte, und so zwang ich mich, ruhig und gelassen zu bleiben.

Sei wie Sean!, ermahnte ich mich selbst.

Sie blickte mich mit ihren grünen Augen ganz durchdringend an. Ich beugte ich mich nach vorne und strich ihr zärtlich eine Strähne aus der Stirn. »Ich wette, du hast in deinem schwarzen Kleid ganz toll ausgesehen!«, sagte ich lächelnd. »Ich bin ehrlich traurig, dass wir den Abend nicht miteinander verbringen konnten. Es tut mir schrecklich Leid, dich versetzt zu haben!«

Holly entspannte sich ein wenig und schaute mich etwas freundlicher an. »Mir tut es auch Leid«, sagte sie. »Als du unsere Verabredung abgesagt hast, bin ich sofort davon ausgegangen, dass du mich anlügst. Seit Wade mich so schrecklich hintergangen hat, fällt es mir wirklich nicht mehr leicht, jemandem zu vertrauen. Zumal ich darin noch nie wirklich gut war.«

Ich wusste nicht, was ich darauf erwidern sollte. Alle möglichen Gefühle brachen über mich herein. Erleichterung. Schuld. Sympathie. Frustration. Sie lächelte mir freundlich zu. Ich hatte ein schlechtes Gewissen. Ich beugte mich zu ihr und gab ihr einen Kuss auf die Stirn. Sie nahm mein Gesicht in die Hände und küsste mich.

Ich hatte keine Ahnung, wie Sean es schaffte, locker zu bleiben, wenn er ein Mädchen küsste. Ich jedenfalls fühlte, wie meine Fassade in dem Moment bröckelte, als Hollys Lippen auf meine trafen. Mein Verstand setzte aus, und ich lächelte ziemlich idiotisch vor mich hin.

»Ich weiß, wie du es wieder gutmachen kannst«, sagte sie. »Versprich mir, dass du mit mir ausgehst und wir einen Abend gemeinsam verbringen! Ich bin es leid, dich immer nur zum Joggen oder zwischen Tür und Angel in der Mittagspause zu treffen! Heute Abend haben mein Dad und ich was vor – weil Weihnachten ist –, aber wie wär's mit morgen Abend?«

»Großartig!«, platzte ich begeistert heraus. Mein Verstand sagte mir zwar, dass es unmöglich sein würde, Sean einen ganzen Abend lang zu entkommen, aber ich war viel zu verliebt, um einen klaren Gedanken fassen zu können.

»Prima!«, sagte sie. »Wir treffen uns dann so gegen sechs am *Blinkers!* Ich arbeite bis fünf – das heißt, ich habe eine ganze Stunde Zeit, mich für dich schön zu machen. Abgemacht?«

»Abgemacht!«

Eine Verabredung! Ich hatte mich mit Holly verabredet! Ich saß in Garys Apartment auf dem Sofa und dachte nach. In der Zwischenzeit war ich wieder bei klarem Verstand und in meinem Kopf hämmerte die Frage: Wie konntest du nur so dämlich sein und dich zu einer Verabredung hinreißen lassen?

Junge, bleib cool! Du schaffst das schon. Denk dir einen guten Plan aus!

Zum Glück war Gary gerade unterwegs, um noch ein paar Besorgungen für unser Abendessen zu machen, und Sean war im Schlafzimmer damit beschäftigt, Geschenke zu verpacken. Ich konnte also in Ruhe meinen Gedanken nachhängen. Es musste doch möglich sein, sich für ein paar Stunden aus dem Staub zu machen.

Gottesdienst! Das war's! Ich konnte Sean erzählen, dass es bei uns zu Hause Tradition war, am zweiten Weihnachtsfeiertag in die Kirche zu gehen. Auf diese Weise konnte ich mir gute Klamotten anziehen, ohne dass er Verdacht schöpfen würde. Sean käme bestimmt nicht auf die Idee, mir Gesellschaft zu leisten. An so was hatte er überhaupt kein Interesse. Eine hervorragende Idee! Sollte Sean mich meinetwegen für den letzten Langweiler halten – ich würde Holly treffen!

Als ich mir meinen Plan detailliert zurechtgelegt hatte, ging es mir gleich viel besser. Ich war beinahe in Weihnachtsstimmung, und Bilder von Holly und mir tauchten vor meinem geistigen Auge auf.

»Bitte, lach nicht!«, sagte Sean, als er aus Garys Schlafzimmer kam. »Ich habe kein besonderes Geschick, Geschenke zu verpacken. Wenn du dich darüber lustig machst, darfst du es nicht auspacken.«

Er platzierte ein etwas verbeult aussehendes Päckchen auf dem Tresen in der Küche. Es hatte eine seltsame Form.

»Das sieht doch ganz gut aus«, sagte ich lächelnd. »Mach dir keine Gedanken!«

Ich holte mein Geschenk für Sean hervor und legte es ebenfalls auf den Tresen. Dann kam Gary in die Küche gelaufen. Er trug einen großen Pappkarton in den Händen.

»Vorsicht heiß!«, sagte er und stellte den Karton auf den Tisch. Er öffnete die Box und brachte unzählige Delikatessen zum Vorschein: Ente, Reis, dampfenden Spargel, einen großen Salatteller, und leckeren Zitronenkuchen als Nachtisch. Ein tolles Weihnachtsessen!

»Wow, Gary! Wo hast du das tolle Essen her?«, fragte Sean begeistert.

»Von Francois, unserem Chefkoch im Hotel. Ich habe ihn gebeten, uns ein ganz besonderes Menü zusammenzustellen.«

»Wow! Vielen Dank!« Sean war begeistert.

»Ja, vielen Dank!«, echote ich. »Das sieht unglaublich gut aus!«

War es auch. Gary fand einen Radiosender, der ein paar Weihnachtslieder dudelte, und wir setzten uns an den Tisch, um zu schlemmen. Gary hatte sogar eine Kerze aufgetrieben und angezündet. Es war wirklich fantastisch! Wir saßen bestimmt eine Stunde lang am Tisch und aßen, bis wir nicht mehr konnten. Gary gab eine Menge Geschichten von unzähligen, verrückten Leuten, die in seinem Hotel Station gemacht hatten, zum Besten. Wir hatten eine Menge Spaß. Es war zwar nicht wie zu Hause, aber es war ein gemütlicher Abend. Zum ersten Mal seit einer Woche fühlte ich mich richtig wohl.

»Also!«, sagte Gary und schob seinen Stuhl zur Seite. »Wer möchte als Erster seine Geschenke auspacken?«

Wir gingen alle ins Wohnzimmer. Sean ließ sich neben Gary auf das Sofa fallen, ich setzte mich in den Liegesessel. Dann reichte mir Gary einen breiten, flachen Karton.

»Mensch, Gary! Du hättest mir doch nichts schenken müssen. Jetzt habe ich ein schlechtes Gewissen, weil ich nichts für dich habe!«

»Mach dir keine Sorgen, Devin. Ich habe auch gar nicht mit einem Geschenk gerechnet – schließlich kennst du mich erst seit einer Woche! Aber ich habe es im Souvenirshop unseres Hotels entdeckt und hoffe, dass es dir gefällt.«

Ich öffnete die Box. Ein Sweatshirt mit der Aufschrift *California, USA,* kam zum Vorschein.

»Klasse! Das sieht spitze aus. Vielen Dank!«

»Gern geschehen!«

Dann öffnete Sean das Geschenk, das ich für ihn besorgt hatte.

»Prima! Die 49ers!«, rief er aus und setzte die Schirmmütze auf. »Danke, Kumpel!«

»Keine Ursache. Und überhaupt, ich muss dir Recht geben – die 49ers werden Green Bay in Grund und Boden spielen! Tut mir Leid, dass ich gestern so kurz angebunden war. Ich war einfach nur müde.«

»Schon vergessen!« Er spielte an seiner neuen Mütze herum und wandte sich an Gary. »Äh, Onkel Gary – weißt du, ich habe mich an dem Anzug beteiligt, den Mom dir kürzlich mit der Post geschickt hat – ich habe kein Geschenk für dich besorgt.«

»Ich weiß! Der Anzug gefällt mir super. Ich muss ihn nur leider in die Schneiderei bringen. Anscheinend bin ich in der Mitte etwas auseinander gegangen.« Er rieb sich über den Bauch und lächelte verlegen. »Und jetzt Schluss mit den ständigen Entschuldigungen! Ich lege sowieso keinen großen Wert auf materielle Dinge. Ich meine – schaut euch doch nur um hier. Ich brauche gar nicht viel. Aber ich möchte, dass du das hier nimmst!«

Gary zog einen Umschlag aus seiner Hemdtasche und reichte ihn Sean.

»Ein Scheck über tausend Dollar?« Sean war fassungslos, als er den Umschlag geöffnet hatte. Sein Mund war vor Staunen weit aufgerissen. Ich befürchtete, die neue Kappe würde ihm vom Kopf rutschen.

»Fürs Studium«, erklärte Gary. »Du wirst bestimmt eine ganze Menge Bücher brauchen. Und sonstigen Kram. Nicht zu vergessen die Berge von Waffeln, die du so verdrückst. Der Scheck wird dir helfen.«

»Aber ... aber ... Gary. Das ist viel zu viel! Ich kann es nicht annehmen!«

»Doch.« Gary kam zu Sean gelaufen und umarmte seinen Neffen. »Ich bin stolz auf dich, Junge!«

Ich sah, wie Sean um Fassung kämpfte. Einen Moment lang überlegte ich, ob ihm gar Tränen in die Augen steigen würden. Aber er blieb gelassen. Nur seine Stimme zitterte leicht, als er flüsterte: »Danke, Kumpel.« Dann war er wieder ganz der Alte.

Wahrscheinlich haben die Leute Recht, wenn sie sagen, dass Weihnachten etwas ganz Besonderes ist. Es störte überhaupt nicht, dass in Garys Wohnung kein Weihnachtsbaum stand. Oder dass es keine selbst gebackenen Plätzchen gab. Was zählte, war einzig und allein, dass man sich gegenseitig zu verstehen gab, wie viel man einander bedeutete. Als ich Gary und Sean so sah, wurde ich richtig sentimental.

»He Devin! Das hier ist für dich!« Sean reichte mir das Päckchen, das er mir vorhin schon gezeigt hatte.

Ich riss die Verpackung auf und blickte in die Schachtel. Da drin lagen zwei Karten. Ich nahm sie heraus.

»Eintrittskarten für die *Roman Candles*?« Die *Roman Candles* waren meine Lieblingsgruppe, und als sie im Sommer durch das Land getourt waren und in Tulsa Station gemacht hatten, konnte ich nicht hingehen. Sean wusste, wie enttäuscht ich damals gewesen war.

»Ja. Super, oder? Sie spielen in einem Klub unweit von dem Hotel, in dem Gary arbeitet«, erklärte er aufgeregt. »Gary hat es geschafft, noch zwei Tickets aufzutreiben, obwohl das Konzert schon seit Wochen ausverkauft ist!«

»Wow! Vielen Dank!« Das waren tatsächlich prima Ferien! Ich hatte gut gegessen, nette Freunde, eine Verabredung mit einem tollen Mädchen für den nächsten Abend und jetzt auch noch Karten für ein Konzert meiner Lieblingsband! Ich war wunschlos glücklich.

»Wir werden uns morgen Abend bestimmt prima amüsieren!«, fuhr Sean fort.

Ich schluckte. »Morgen Abend?«

»Ja! Das Konzert ist morgen Abend!«, antwortete Sean. »Mann, das ist echt klasse. Zu Hause werden uns alle beneiden!«

Meine prima Ferienstimmung war plötzlich verschwunden. Ich sah mir die Tickets genauer an. Da stand es schwarz auf weiß: 26. Dezember, 20.00 Uhr!

»Ich bin so froh, dass das noch geklappt hat«, sagte Gary. »Ich hatte schon befürchtet, keine Karten mehr für euch auftreiben zu können, aber dann konnte ich doch noch meine Beziehungen spielen lassen. Ihr habt wirklich Glück, ihr zwei!«

Ja, dachte ich bedrückt. Wirklich irre viel Glück!

Kennst du das Gefühl, wenn sich in deinem Ohr ein Lied oder eine Melodie festgesetzt hat und sie dir immer im Kopf herumschwirrt? Genau so ging es mir mit Alex. Egal wie sehr ich mich bemühte, sie zu vergessen – Alex ging mir einfach nicht aus dem Kopf. Winzige Kleinigkeiten, die ich irgendwo herumliegen sah oder ein paar zufällig dahingesagte Worte reichten aus, und in null Komma nichts hatte ich ihr Bild vor Augen: Erst war es der Duft der Gewürze, die Francois für den Reis verwendet hatte; dann ein Werbespot für Disneyland, der zeigte, wie gut den jungen Leuten die Fahrt mit der Achterbahn gefiel. Und manchmal war es auch gar nichts Besonderes, das die Erinnerung an sie heraufbeschwor: Aber jedes Mal hatte ich sofort wieder eine Situation vor Augen. Gewöhnlich sah ich, wie ich mit Alex auf ihrem Balkon stand – ich sah ihre wunderhübschen Augen, ich fühlte die zarte Haut ihres Armes, und ihre weichen Lippen berührten meine. Manchmal war ich sogar für ein paar Minuten wie entrückt. Und das Schlimmste daran war: Die Tagträume kamen immer häufiger, je mehr ich versuchte, Alex zu vergessen.

Ich hatte sie am Heiligen Abend im Stich gelassen und deshalb war ich ihr den ganzen ersten Feiertag über aus dem Weg gegangen. Am Morgen des 26. Dezember saß ich auf der Couch und rief mir jeden gemeinsamen Augenblick mit Alex ins Gedächtnis zurück. Ich befürchtete, dass das wohl nie aufhören würde. Anscheinend litt ich hochgradig unter Entzugserscheinungen.

Irgendetwas musste geschehen, ich musste mich sinnvoll beschäftigen – sonst würde ich am Ende noch durchdrehen! Aber was sollte ich nur tun?

Wie ein Besessener blickte ich mich in Garys Apartment um. Es herrschte ziemliches Chaos. Kuchenkrümel und Geschenkpapier-Fetzen lagen auf dem Boden, die schmutzigen Teller vom Vortag standen auf dem Tresen herum, und die ganze Wohnung roch nach unserem gestrigen Festessen!

Eigentlich hätte es mich überhaupt nicht überraschen sollen, dass Gary keinen Staubsauger besaß. Ich wusste ja bereits, dass er weder einen Mopp noch einen Besen hatte. Zudem gab es noch immer kein Geschirrspülmittel, und den letzten Rest des Spülmittels hatte ich verwendet, als ich neulich die Küche mit Seifenschaum überflutet hatte.

Seifenblasen … ein glitschiger Boden … Alex, die mir in die Arme fiel …

Schon wieder lief ein Film in Zeitlupe vor meinem geistigen Auge ab!

Oh, Mann! Jetzt ist es aber genug, Foster!, sagte ich mir.

Ich konnte es kaum abwarten, am Abend endlich auf dieses Konzert zu gehen. Dabei würde ich Alex bestimmt vergessen!

»Warum dürfen wir denn nicht rein? Auf den Karten steht ganz klar: Einlass ab 20.00 Uhr!« Ungeduldig wippte ich auf einem Fuß, während wir vor dem Eingang des Klubs auf der Straße standen und warteten.

Devin zuckte mit den Schultern. »Der Typ dort vorne hat etwas von einer Bombendrohung gemurmelt und dass sie den ganzen Klub gründlich durchsuchen müssen. Aber das Ganze ist vielleicht nur ein Gag, den sich die Band ausgedacht hat!«

Unzählige Leute warteten vor dem Klub. Sie alle wollten die *Roman Candles* unbedingt live erleben. Direkt vor uns standen vier Mädchen in Miniröcken, die sich pausenlos über die Bandmitglieder unterhielten.

»Du meine Güte! Ich kann es kaum erwarten, sie live zu erleben. Ich werde mich direkt vor Carl Cutter stellen! Ich möchte ein paar Schweißtropfen abkriegen!« Sie kreischten und wackelten aufgeregt mit den Schultern.

Immer wieder stießen die vier schrille Schreie aus und hüpften wie Kängurus durch die Gegend. Devin und ich warfen einander genervte Blicke zu. Plötzlich klopfte mir jemand von hinten auf die Schultern. Ich drehte mich um und sah eine junge Frau. Sie trug ein langes, blaues Kleid und hielt ein Mikrofon in den Händen. Hinter ihr stand ein Typ mit einer Kamera und deutete in unsere Richtung.

»Entschuldigt bitte, Jungs! Stimmt es, dass der Konzertbeginn verschoben wurde, weil eine Bombendrohung vorliegt? Wie fühlt ihr euch bei dem Gedanken an eine Bombendrohung?«, fragte mich die Frau und hielt mir das Mikro unter die Nase.

Normalerweise würde mich der Gedanke, im Fernsehen zu sein, anstacheln, für die Zuschauer zu Hause so richtig dick aufzutragen. Aber die Tatsache, dass um mich herum so viele Mädels standen, machte mich doch etwas befangen. »Äh ... nun ja, ich hoffe mal, sie suchen das Gelände ziemlich gründlich ab – na ja, oder zumindest *meinen* Platz.«

Die Reporterin lächelte mir fröhlich zu, dann wandte sie sich an Devin. »Und was ist deine Meinung? Glaubst du, dass du hier heute Abend sicher bist?«

»Nun, eigentlich schon«, sagte er mit seiner Musterknaben-Stimme. »Ich habe heute Abend zwar mit einer Bombenstimmung gerechnet, doch dass diese nun so aussieht, das hätte ich dann doch nicht gedacht!«

»Sie sind also begeisterte Fans der *Roman Candles*?« Die Reporterin wandte sich wieder an mich.

»Ja – ich mag ihren Sound.«

Sie richtete das Mikro erneut auf Devin. »Sie sind wirklich großartig!«, sagte er zu ihr. »Ich denke, dass ihre Songtexte tatsächlich den Nerv der amerikanischen Jugend treffen!«

In der Zwischenzeit hatten sich die vier Mädels schon zwischen uns gedrängt und riefen wild durcheinander: »Candles! Candles! Wir lieben euch!«

Zum Glück wurden in diesem Moment die Eingangstüren des Klubgebäudes geöffnet. Alle drängten nach drinnen – wir hatten es nicht ganz so eilig. Ich konnte wegen meines verletzten Knies nicht besonders schnell gehen, und Devin, ganz Kavalier, blieb an meiner Seite.

Der Klub war in einem großen Kellergewölbe. Rechts und links an den Wänden waren Zuschauertribünen. In der Mitte des Raumes befand sich eine große Tanzfläche. Die vielen verrückten Fans, die den Klub als Erste erstürmt hatten, drängten sich vor der Bühne. Devin und ich aber liefen auf die Zuschauertribünen zu. Wir waren zwar auch große Fans der Band, aber ich hatte noch immer ein verletztes Knie, und Devin war nicht der Typ, der sich vordrängte.

Wir fanden tolle Plätze in der Mitte – nah genug, um die Band gut sehen zu können, und hoch genug, um über die Köpfe der andern hinwegschauen zu können. Ich fühlte mich großartig.

»Es geht los!«, rief Devin aufgeregt.

Das Licht wurde ausgeblendet, die Menge jubelte, und ein kleiner Mann mit einem dicken Schnurrbart lief auf die Bühne. »Tut mir Leid, dass das Konzert verspätet losgeht! Wir danken Ihnen für Ihre Geduld! Das Team unseres Klubs freut sich, die *Roman Candles* …!«

Der Rest des Satzes ging im Jubel der Menge unter. Die Lichter auf der Bühne gingen aus, und als wenig später ein paar Spots die Bühne beleuchteten, war die Band quasi aus dem Nichts aufgetaucht und stand im Rampenlicht! Sie fingen mit meinem Lieblingssong an: *Happy Daze*.

Mir ging es gleich viel besser. Devin und ich wippten im Takt mit den Füßen und trommelten mit den Fingern auf die Sitze, während Pablo Mendes, der Sänger der Band, und Carl Cutter, der Bassist, ein Mädchen mit engelsgleichen Augen besangen.

Plötzlich – mitten im Song – hörte ich auf mitzuwippen.

Ich hatte noch nie zuvor so genau auf den Text geachtet. Auf einmal kam es mir so vor, als ob dieses Lied nur für mich allein bestimmt war.

»Eine Schönheit mit traurigem Blick versetzt mich in Trance, hält mich gefangen …«, sang der Chor.

Ich versuchte, die Worte aus meinem Kopf zu verdrängen und nur auf den Bass zu hören. Es ist nur das eine Lied, dachte ich. Nicht alle ihre Songs sind so schnulzig.

Ich hatte mich gewaltig getäuscht! Das nächste Lied, das sie spielten, war eine Ballade: *I Dry Your Tears*. Pablo schmachtete ins Mikrofon, als ginge es um sein Leben. Die Pärchen rings um uns herum bewegten sich langsam und eng umschlungen im Takt. Mit wurde langsam aber sicher übel von dem ganzen Schnulz.

Devin bemerkte nichts von all dem, was gerade in mir vorging. Er hatte seinen Blick auf die Band geheftet und sein Fuß wippte noch immer im Takt der Musik.

Ich knirschte mit den Zähnen. Dann war der Song endlich vorbei. Obwohl die nächsten Lieder einen schnelleren Rhythmus hatten, handelten sie alle davon, wie es war, mit einem Mädchen auszugehen. Und davon, wie es war, ein Girl zu küssen oder Liebeskummer zu haben. Jeder einzelne Song erinnerte mich an Alex oder Jo Beth oder daran, wie versessen alle Leute auf eine Romanze waren.

War das etwa eine Verschwörung? Oder was ging hier eigentlich vor? Meine Lieblingsband schien mich zu verraten, und ich war umgeben von lauter liebesbesessenen Schwachköpfen! Wieso nur hatte ich geglaubt, dass mir das Konzert gut tun würde?

Eine Stunde verging. Ich wusste, dass ich das alles nicht mehr länger ertragen konnte. Noch eine einzige Anspielung auf Frauen, und ich würde versuchen, die Bühne zu stürmen – genau wie die ganzen Groupies da vorne, die von den Ordnern nur mühsam in Schach gehalten wurden! Nur dass ich nicht versessen darauf war, eine Locke von ihrem Haar zu bekommen – nein, ich würde versuchen, Pablo das Mikrofon zu entreißen, um dem ein Ende zu machen!

»Bitte, mach, dass das der letzte Song ist«, brummelte ich vor mich hin.

»Ihr wart ein tolles Publikum!« Carl Cutter versuchte, die grölende Menge zu übertönen. »Wir haben noch Zeit für einen letzten Song!«

Gott sei Dank! Nicht nur, dass das Ganze gleich zu Ende war – das letzte Lied war zum Glück überhaupt nicht schmalzig! Der Song hieß *Half Gods*, und obwohl ich den Text nicht genau verstand, schien er nur von religiösen Themen zu handeln.

Meine Laune besserte sich. Devin und ich klatschen begeistert im Takt, wir pfiffen die Melodie mit und tanzten herum. Begeistert schrien wir mit all den anderen nach einer Zugabe. Ich war erleichtert, als sie ihre eigene Version eines Surfsongs der Beach Boys zum Besten gaben.

»Vielen Dank für die Karte!«, sagte Devin später, als wir vor dem Klubgebäude auf Gary warteten, der uns abholen wollte. »Die Show war große Klasse!«

»Ja. Hat mir auch gefallen.«

»Die Jungs haben's wirklich raus.« Devin nickte zustimmend. »Ich meine, ich wusste zwar schon vorher, dass sie gut sind, aber der heutige Abend hat mich restlos überzeugt. Was ist dein Lieblingssong?«

»Mm. Weiß nicht. Vielleicht *Half Gods*?«

»Wirklich? Meiner auch! Ich habe Carl Cutter gehört, als er auf MTV ein Interview gegeben hat. Der Song basiert auf einem Gedicht von Ralph Waldo Emerson. Es handelt davon, dass man das Vergangene loslassen soll, um frei zu sein für die Begegnung mit der oder dem ›Richtigen‹. Wie der Text schon sagt: ›Wenn die Halbgötter gehen, ist endlich Platz für die Götter!‹ Irgendwie klasse, oder?«

»Ja«, antwortete ich. Ich versuchte, meinen Frust zu verbergen.

Na prima, dachte ich. Ab sofort höre ich keine lyrischen Songs mehr. Von jetzt an gibt es nur noch Beethoven oder Mozart – bis ans Ende meiner Tage!

Am Morgen nach dem Konzert verschlief ich. Es war schon ziemlich spät gewesen, als Gary uns abholte, und es hatte noch eine Weile gedauert, bis wir wieder zurück in Newport Beach waren. Und dann konnte ich ewig nicht einschlafen.

Ich fühlte mich mies, weil mir das Konzert so gut gefallen hatte. Ich hatte Holly wieder von einer Telefonzelle aus angerufen und unsere Verabredung abgesagt. Sie war ziemlich wütend und ließ sich erst besänftigen, als ich ihr sagte, dass es Sean schlechter ging. Ich würde mir ernsthaft Sorgen um ihn machen (was ja auch stimmte). Ich versprach, mit ihr auszugehen, sobald es Sean wieder besser ginge. Sie beruhigte sich zum Glück wieder. Wir beschlossen, uns am nächsten Morgen wieder zum Joggen zu treffen und verabschiedeten uns freundlich voneinander. Aber nachts, als ich mich unruhig im Bett wälzte, kam ich mir richtig mies vor, sie so an der Nase herumgeführt zu haben.

Ich muss völlig von der Rolle gewesen sein – in meinem Tran hatte ich den Wecker auf 7 Uhr abends anstelle von 7 Uhr morgens gestellt! Um 7.34 wachte ich auf, weil ich Sean unter der Dusche einen Song der *Roman Candles* trällern hörte.

»Oh nein!« Ich schlüpfte eilig in meine Hosen und rannte zur Tür hinaus.

»Bitte sei da, bitte, bitte, bitte, sei noch da!« Ich murmelte die Worte unaufhörlich vor mich hin, während ich die Treppen hinunterrannte und auf den Strand zustürmte. Aber abgesehen von einem Pärchen Möwen, das über meinen Kopf hinwegflog, war der Strand verlassen. »Mist!«

Wie konnte ich Holly das alles erklären? Als mir mein Dilemma bewusst wurde, rannte ich mit ganzer Kraft auf das Pier zu – halb aus Verzweiflung, halb aus Gewohnheit. Ich wollte schon aufgeben, als ich Holly doch noch entdeckte. Sie war ungefähr die Länge eines Footballfeldes von mir entfernt – aber ich war mir sicher, dass sie es war: Ich erkannte sie an ihrer Schirmmütze, den tollen Beinen und ihrem Lauf-Rhythmus. Irgendwie schaffte ich es, den Turbo einzuschalten und holte etwas auf.

»Holly!« Als ich näher kam, rief ich laut ihren Namen. »He, Holly!«

Anscheinend hatte sie ihren Walkman auf und hörte Musik, denn sie drehte sich nicht um. Im Gegenteil, es kam mir so vor, als würde sie schneller werden. Noch einmal erhöhte ich mein Tempo.

»Holly! Holly! Ich bin's! Hooolllyyy!«

Sie hielt nicht an. Aber ich war endlich nahe genug, um sie deutlich erkennen zu können. Mir fiel sofort auf, dass sie gar keinen Kopfhörer trug. Anscheinend *wollte* sie mich einfach nicht hören!

Holly tat ihr Bestes mich abzuschütteln. Sie verließ den Strand und joggte über den Bürgersteig – immer zwischen

Grüppchen von Passanten hindurch. Ein paar Mal wäre ich beinahe auf irgendwelchen Hundehaufen ausgerutscht, dann wieder blieb ich an den Rädern eines Buggys hängen, aber ich schaffte es, Holly nicht aus den Augen zu verlieren.

»Holly! Bitte! Ich werde dir alles erklären!«

Holly fand es wohl an der Zeit, ein paar wirklich ernsthafte Versuche zu unternehmen, mich abzuschütteln. Sie schlug einen Haken und lief über einen angrenzenden, großen Parkplatz. Das war wie der Wettlauf zwischen Hase und Igel. Nicht nur, dass Holly unglaublich schnell war, sie mogelte sich zwischen parkenden Autos hindurch und um Feuerhydranten herum, als wäre sie ein Blatt im Wind.

»Holly! Es tut mir Leid! Ich muss mit dir reden!«

Wir gaben bestimmt ein ziemlich blödes Bild ab. Einige Leute warfen mir böse Blicke zu. Ich malte mir schon aus, von zwei bulligen Polizisten abgeführt zu werden: wegen Unachtsamkeit im Straßenverkehr, Belästigung, Erregung öffentlichen Ärgernisses und dafür, dass ich zwanzig Minuten zu spät zu einer Verabredung erschienen war.

»Warte! Hör mir doch erst einmal zu!«

Ich schrammte an einem Laster vorbei und riss mir die Hüfte an einem abstehenden Stück Blech auf. Meine Beine waren bleischwer und mein Magen fing an sich zu verkrampfen. Aber ich zwang mich, ihren hüpfenden Pferdeschwanz nicht aus den Augen zu verlieren.

»Bitte, Holly!« Ich bekam kaum noch einen Ton hervor und meine Stimme klang schon ziemlich heiser.

Holly rannte von dem Parkplatz herunter und durch die geöffneten Tore eines Apartment-Gebäudes. Unmittelbar neben einem Swimmingpool hielt sie schließlich an. Als ich sie endlich eingeholt hatte, drehte sie sich um, ganz langsam, wie in Zeitlupe und starrte mir ins Gesicht. Sie hatte einen hochroten Kopf.

»Gott sei Dank!«, rief ich aus und taumelte auf sie zu. »Es tut mir schrecklich Leid! Ich habe meinen Wecker falsch gestellt und verschlafen. Hoffentlich hast du nicht lange gewartet!«

»Gar nicht!«, antwortete sie. Trotzig streckte sie ihr Kinn nach vorn.

»Gut. Ich kann es gar nicht glauben, dass mir so was Blödes passiert ist. Ich hab den Wecker schon seit Jahren und es ist noch nie vorgekommen. Ganz schöner Mist, was? Hi, hi, hi!«

Ich kicherte nervös, als ich ihren eisigen Blick bemerkte.

»Du hattest wohl eine anstrengende Nacht, nicht wahr?«

»Ja. Äh – Sean hatte ziemlich hohes Fieber und …«

»*Du mieser Lügner!*«, schrie Holly mich an. Bevor ich reagieren konnte, versetzte sie mir einen kräftigen Stoß. Ich landete kopfüber im Swimmingpool.

Das Wasser war eisig. Es lief mir in die Ohren und in meinen vor Schreck weit aufgerissenen Mund.

Als ich wieder an die Oberfläche kam, kniete Holly an der Seite des Pools. Ihre Augen blitzten wütend.

»Nachdem du gestern Abend unsere Verabredung abgesagt hast, hatte ich nichts Besseres zu tun, als mir eine Tüte Chips zu nehmen und mich vor den Fernseher zu knallen, um *Letterman* zu schauen. Ich habe den Fernseher also angeschaltet und sah gerade noch das Ende der Abendnachrichten. Und wen sah ich da? Du standst vor einem Klub und hast auf den Konzertbeginn der *Roman Candles* gewartet – umringt von zahlreichen ziemlich munteren und gar nicht krank aussehenden Freunden!«

Ihre Worte trafen mich noch härter als das eiskalte Wasser! »Oh nein! Holly, es tut mir wirklich schrecklich Leid! Es ist nicht so, wie du denkst! Also, pass auf, mein Kumpel wollte mir …«

»Hör auf! Hör sofort auf! Wage es nicht, mich noch einmal anzulügen! Ich glaube dir kein einziges Wort mehr!«

»Ich … ich weiß! Das kann ich dir auch nicht verübeln!« Ich prustete durch das stark gechlorte Wasser. »Ich wollte dir ja die Wahrheit sagen, aber …«

»Das erzähl mal alles deinem Frisör. Ich hab die Nase voll von Typen wie dir!« Holly stand auf und ballte ihre Hände zu Fäusten. »Du hast mich schrecklich hintergangen! Und dabei habe ich dich für einen ganz netten Kerl gehalten! Du machst den Eindruck, als könntest du kein Wässerchen trüben, und dann …! Ich … ich habe dir vertraut!«

Ich streckte meinen Arm aus und griff nach dem Rand des Swimmingpools. Aber Holly trat mir auf die Finger.

»Au!« Ich fiel wieder zurück ins Wasser.

»Ich hätte es wissen müssen!« Sie schrie noch immer. »Du siehst so nett und Vertrauen erweckend aus, aber du bist keinen Deut besser als Wade! Ein kranker Kumpel! Ein kaputtes Telefon! Eine Autopanne! Wie viele andere Mädchenherzen hast du schon mit deinem Südstaaten-Charme gebrochen? Kein Wunder, dass du keine Zeit hattest, dich mit mir auch zu anderen Gelegenheiten als nur zum Joggen zu treffen! Ich war deine Frau für die Morgenstunden! Zum Mittag- und Abendessen hast du dich wohl mit anderen vergnügt!«

»Nein! Nein, habe ich nicht!«

Holly griff nach einem Blumentopf, der in einem Blumenbeet stand, und warf ihn in den Pool. Sie verfehlte meinen Kopf nur um Zentimeter.

»Ich will dich nie, nie wieder sehen!«, zischte sie. Dann drehte sie sich um und war im Gegenlicht schon bald nicht mehr auszumachen.

Ein paar Leute standen um den Pool herum und hatten die Szene beobachtet, als hätte man zu ihrer Unterhaltung ein paar Schauspieler engagiert. Ich krabbelte aus dem Swimmingpool und drückte das Wasser aus meinen Klamotten. Ich fühlte mich schrecklich gedemütigt. Nicht, weil ein paar Fremde Zeugen unserer Auseinandersetzung geworden waren, sondern weil mir Holly so schlimme Anschuldigungen entgegengeschleudert hatte.

Sie glaubt wirklich, dass ich sie betrogen habe! Ich – sie betrogen?!

Mir wurde plötzlich furchtbar schwindlig. Da hatte ich nun die ganze Zeit versucht, lässig und geheimnisvoll zu wirken, und dann stellte sich heraus, dass ich mich keinen Deut besser benahm als dieser Brad Culpepper!

Sieh den Tatsachen ins Auge, Devin, sagte ich zu mir, als ich zurück zu Garys Apartment lief. Du bist eben kein lässiger Typ! Und du wirst es auch nie werden. Holly verdient jemand Besseren.

Am Morgen nach dem Konzert mit den *Roman Candles* wachte ich zeitig auf. Ich konnte nicht mehr schlafen – die ganzen, schnulzigen Liebeslieder gingen mir nicht aus dem Kopf.

Gary wollte ausschlafen, und Devin war verschwunden, als ich aus der Dusche kam – bestimmt war er wieder zum Joggen gegangen. Na klasse. Ich war alleine in der Wohnung und hatte nichts zu tun. Das war eine Einladung zum Tagträumen! Mir fiel nichts ein, was ich sonst tun könnte.

Da klopfte es an der Tür. Ha! Ablenkung! Ich öffnete und vor mir stand Gabriel.

»Guten Morgen! Hast du Lust, zu mir zu kommen und mit meinem Sega-Computer zu spielen? Ich habe ihn zu Weihnachten bekommen. Und neue Spiele! Sogar ein Football-Spiel. Eigentlich hatte ich mir ja das Spiel gewünscht, wo man die Wiederholungen von den besten Spielzügen sieht, aber ich hab das gekriegt, wo man alles in Zeitlupe sieht. Aber das macht auch viel Spaß! Sobald sich jemand verletzt, kommen Krankenwagen angefahren. Hast du Lust, es dir anzuschauen?«

»Ich … ich würde gerne, aber – ich muss mit meinem Onkel noch wohin.«

Gabriel schwieg einen Moment und legte seinen Kopf zur Seite. »Wer schnarcht denn da im Hintergrund? Ist das Mr McGonagle?«

»Äh ... ja! Aber er wacht bestimmt gleich auf.«

»Bitte! Wir müssen auch nicht lange spielen, versprochen. Aber nie spielt jemand mit mir, und ich habe es satt, immer alleine zu spielen. Gegen den Computer verliere ich immer.« Er sah so traurig aus, dass ich es nicht übers Herz brachte, ihn wieder wegzuschicken. Er hatte seine Zehen eingerollt, ließ die Schultern hängen und hatte die Stirn in Falten gelegt, genau wie Alex es immer tat.

»Was ist mit Alex? Spielt sie nicht mit dir?«

»Nein. Sie hat keine Ahnung, wie man mit einem Ball umgeht. Außerdem ist sie gar nicht zu Hause. Sie ist in den Waschsalon gegangen und kümmert sich um unsere Wäsche. Sie hat mir gesagt, dass ich mich ja an euch wenden kann, falls ich Hilfe brauche.«

»Sie hat damit bestimmt gemeint, dass du dich im Notfall an uns wenden kannst.«

»Äh ... ja.« Gabriel starrte betreten auf den Boden. »Aber mir ist langweilig! Ich bin ständig allein!«

Ich fühlte mich, als hätte mir jemand kräftig in den Magen getreten! Wie hatte ich ihn nur so hängen lassen können! Außerdem war Alex gar nicht da. Ich brauchte mir gar keine Sorgen zu machen, ihr über den Weg zu laufen.

»Einverstanden. Ich komme mit! Aber nur für ein paar Spiele!«

Wir gingen rüber und setzten uns ins Wohnzimmer. Gabriel war mächtig stolz auf sein neues Computerspiel.

Fachmännisch erklärte er mir jeden einzelnen Schritt, während er das Spiel startete. Ich hörte ihm so aufmerksam zu, als hätte ich nie zuvor im Leben etwas Ähnliches gesehen. Als wir dann zu spielen begannen, suchte ich mir absichtlich schlechte Spieler für mein Team und fummelte mit dem Joystick ungelenk herum, um sicherzugehen, dass Gabriel auch wirklich gewann.

»Hurra! Ich habe gewonnen!« Er vollführte einen Freudentanz, als die Zeit abgelaufen war.

»Ja, du hast mich richtig abgezogen!«

»Mach dir nichts draus!«, sagte er tröstend. »Du hast dich wirklich angestrengt!«

In diesem Moment kam Alex zur Wohnungstür herein. Sie trug einen großen Wäschekorb im Arm. Als sie mich entdeckte, war sie ziemlich überrascht. Teils freute ich mich, sie zu sehen, und teils hatte ich das Gefühl, bei einer Straftat erwischt worden zu sein.

»Hallo!«, sagte ich. »Wie geht's?«

»Gut«, antwortete sie und lächelte mir zu. Aber es war kein richtiges Lächeln – es wirkte aufgesetzt und gezwungen. »Gabriel, ich möchte, dass du den Wäschekorb in dein Zimmer trägst, deine Kleider zusammenlegst und in den Schrank räumst!«

»Ach Mensch! Sean und ich wollten noch eine Runde spielen. Ich bin gerade so schön am Gewinnen!«

»Dann machst du deine Arbeit am besten sofort. Besser jetzt, als mitten im Spiel unterbrochen zu werden!«

»Mist! Immer musst du mich stören!«, maulte Gabriel, griff nach dem Wäschekorb und ging in sein Zimmer.

Alex wartete, bis sie sicher war, dass Gabriel seine Zimmertür hinter sich zugezogen hatte, dann wandte sie sich mir zu.

»Ich bin überrascht, dich hier zu sehen!«, sagte sie.

»Wirklich? Warum?«

»Stell dich nicht so an, Sean! An dem Tag, als wir zusammen auf dem Balkon waren, bist du so plötzlich verschwunden ...« Sie hielt ein paar Sekunden die Luft an und blickte im Zimmer umher. »Von jetzt auf nachher hast du alle unsere Verabredungen abgesagt, dann hast du dich zwei Tage lang überhaupt nicht gemeldet. Es gehört nicht viel dazu zu verstehen, warum ich überrascht bin!«

Ich schluckte. Wusste sie, welche Macht sie über mich hatte? Wollte sie mir den Rest geben? Ganz ruhig, Foster, ermahnte ich mich selbst. »Äh ... also, es tut mir Leid. Ich hatte ganz plötzlich schrecklich viel zu tun – du weißt schon, Weihnachtsvorbereitungen, und so weiter ...«

»Hör auf! Die Sache ist doch die, dass du mit mir deine Spielchen treibst. Ich werde damit fertig! Ich bin zwar wütend auf mich, auf deine primitive Anmache hereingefallen zu sein, aber ich werde darüber hinwegkommen. Für Gabriel aber sieht die Sache ganz anders aus. Er schafft das nicht so leicht.«

»Wovon redest du eigentlich?«

»Du hast es geschafft, seinen Panzer aufzubrechen. Er war schon lange nicht mehr so ausgelassen. Er mag dich wirklich, aber für dich ist das alles nur ein Spiel – wir sind nichts weiter als eine nette kleine Ablenkung für dich!«

»Nein! Es ist nur so ...«

»Es hat ihm das Herz gebrochen, als unser Vater starb. Du bist der Erste, für den er sich seitdem wieder interessiert.« Ihre Unterlippe zitterte, als sie das sagte, und ihre Stimme überschlug sich beinahe. »Aber wenn du vorhast, eine Woche lang hier herumzuhängen, um dich anschließend aus dem Staub zu machen und nie wieder etwas von dir hören zu lassen, dann verschwindest du besser auf der Stelle! Ich glaube nicht, dass wir – äh, ich meine, dass er – darüber hinwegkommen würde, von dir enttäuscht zu werden.«

»Wirfst du mich gerade raus?« Ich wollte es einfach nicht glauben. Sie behandelte mich wie ein Stück Dreck! Da passierte mir der gleiche Schlamassel schon wieder!

»Besser zu früh als zu spät!«, murmelte sie und kniff wütend ihre Augen zusammen. »Lass dich hier nie wieder blicken, Sean!«

»Aber – aber du verstehst das alles völlig falsch!« Verzweifelt startete ich einen neuen Versuch. Seit Tagen versuchte ich vergeblich, sie mir aus dem Kopf zu schlagen, und jetzt, ganz plötzlich, überfiel mich Panik, als sie mir zu verstehen gab, dass sie mich nie wieder sehen wollte!

»Ich denke, es ist besser, wenn du jetzt gehst!«, sagte Alex entschlossen. Noch bevor ich darauf etwas entgegnen konnte, hatte sie sich auf dem Absatz herumgedreht und war in ihrem Zimmer verschwunden.

Ich schlich zurück in Garys Apartment und fühlte mich am Boden zerschlagen.

Wie konnte sie mir das nur antun – mich einfach rauswerfen, nur weil ich mich zwei Tage lang nicht gemeldet habe! Schließlich hatten wir uns gegenseitig nichts versprochen, oder?

Irgendwie fühlte ich mich noch elender als damals, als Jo Beth mir den Laufpass gegeben hatte. Viel, viel schlechter. Mir stiegen Tränen in die Augen, meine Nase juckte und meine Kehle war wie zugeschnürt.

Alex hatte behauptet, dass sie mich durchschaut hätte. Sie war der Auffassung, ich sei für Gabriel und sie nicht gut genug, und deshalb warf sie mich einfach raus. Einfach so. Ganz ohne Vorwarnung. Ohne mir überhaupt zuzuhören.

Selber schuld!, sagte ich mir. Nur weil du schon wieder nicht die Finger von einem Mädchen lassen konntest! Du hättest es besser wissen müssen!

Ich überlegte mir gerade, ob es mir besser gehen würde, wenn ich meine Wut an etwas auslassen könnte – vielleicht auf eine ähnliche Weise wie die Aktion neulich mit dem Pappmaschee-Pferd. Es musste etwas geschehen – und zwar bald! Ich konnte nicht zulassen, dass Devin oder Gary mich in diesem Zustand sahen.

In diesem Moment klingelte das Telefon. Ich holte tief Luft und ging ran. »Hallo?«

Am anderen Ende der Leitung hörte ich eine weibliche Stimme. »Äh ... hallo? Ist Gary da?«

»Er schläft noch. Wer ist am Apparat?«

»Julie. Ich bin ...«

»Ja, ich weiß, wer Sie sind«, fauchte ich wütend. Die Putzfrau, die nie putzt, dachte ich. »Gary hat mir von

Ihnen erzählt. Also, am besten, Sie hören mir jetzt gut zu. Ich glaube, es ist besser, wenn sie hier nicht mehr anrufen oder vorbeikommen. Gary ist nicht zufrieden damit, wie die Dinge stehen, und er sieht sich schon nach einer anderen um!«

»Wie bitte?« Ein schriller Schrei schallte durch die Leitung. »Mit wem spreche ich überhaupt?«

»Ich bin Garys Neffe. Ich wohne nun schon ein paar Wochen in dem Saustall. Auch wenn sie das eigentlich gar nichts angeht.«

»Ich will auf der Stelle mit Gary sprechen! Holen Sie ihn sofort an den Apparat!«, befahl sie.

»Glauben Sie mir doch! Es ist besser, ich sage es Ihnen, als er sagt es Ihnen selbst. Von jetzt an werden Sie hier nicht mehr gebraucht. Ich wünsche Ihnen noch einen schönen Tag!«

Ich legte den Hörer auf, damit sie mir nicht noch weiter die Ohren voll jammerte. Was bildete die sich überhaupt ein? Leistet schlampige Arbeit und tut völlig überrascht, wenn sie gefeuert wird!

Ich weiß, dass das jetzt ziemlich bescheuert klingt, aber es hatte gut getan, meine Wut an jemandem auszulassen. Jetzt fühlte ich mich viel besser.

»Morgen!« Gary kam aus dem Schlafzimmer. Er räkelte sich und gähnte. »Hat da nicht gerade das Telefon geklingelt?«

»Ja. Es war deine Putzfrau – Julie!«

Gary wurde schlagartig munter. »Und – was hat sie gesagt?«

»Nicht viel! Die meiste Zeit habe ich geredet. Ich habe ihr erklärt, dass du ziemlich wenig von ihr hältst und auf der Suche nach Ersatz für sie bist. Und ich habe ihr auch gesagt, dass sie sich hier nicht mehr blicken lassen soll!«

»Was hast du?«

»Ernsthaft. Ich fand es besser, dir den Ärger zu ersparen. Sie war zwar nicht begeistert davon, aber was soll's. Mensch, was für 'ne Type!«

Gary rannte zurück ins Schlafzimmer und kam mit seinen Hosen und den Schuhen in der Hand wieder in den Flur gelaufen. »Ähm ... Ich muss jetzt schnell etwas erledigen«, sagte er und schlüpfte in seine Klamotten. »Macht euch einen schönen Tag – auch ohne mich!«

»Aber du hast doch gesagt, dass du heute freihast! Ist alles in Ordnung? Du wirkst auf einmal so gestresst.«

»Äh – Mir geht es gut. Ich muss nur ...« Unruhig hüpfte er durch den Flur, während er sich die Schuhe anzog. »Ich – ich muss noch etwas abklären. Etwas, das ich eine Weile vernachlässigt habe. Du weißt ja selbst, wie verrückt die Dinge manchmal laufen!« Gary öffnete die Wohnungstür und rannte hinaus. »Bis später!«, rief er mir über die Schulter zu.

Ja, Gary!, dachte ich. Ich weiß selber nur zu gut, wie verrückt die Dinge manchmal laufen können.

Du hast mein Leben ruiniert! Völlig ruiniert!«, brüllte die Frau im Fernsehen. »Du mit deinen schrecklichen Lügen! Ich wünschte, ich wäre dir nie begegnet!«

»Was ist denn mit der los?«, fragte Sean.

»Keine Ahnung. Sie hat wohl gerade herausbekommen, dass der Typ, in den sie verliebt war, eigentlich sein Doppelgänger ist oder so ähnlich. Er hat sich mit ihr eingelassen, um sie zu heiraten, umzubringen und ihr Vermögen zu erben!«

»Ach so. Und wo ist der andere – ich meine … der Richtige?«

»Weiß nicht. Gefesselt auf dem Dachboden?«

»Mmmm.« Er nickte nachdenklich. »Magst du noch ein paar Doritos?«, fragte er und reichte mir die Tüte.

»Danke.«

Sean und ich hatten nichts Besseres zu tun, als in der Wohnung rumzusitzen und Vorabendserien anzuschauen. Keiner von uns hatte zu irgendetwas Lust – Seans Stimmung war genauso auf dem Nullpunkt wie meine. Ich wusste zwar nicht, worüber Sean brütete, aber ich konnte den schrecklichen Streit, den Holly und ich am Vortag ausgetragen hatten, einfach nicht vergessen.

»Ich habe dich geliebt!«, fuhr die Frau fort, »und du hast nichts weiter getan, als mich immer wieder anzulügen. Wie konntest du mich nur so schrecklich hintergehen?«

Mir kam es vor, als redete sie mit mir. Ich hatte schließlich seit meiner Ankunft in Kalifornien auch nichts anderes getan als zu lügen. Ich hatte gelogen, wenn ich gefragt wurde, wohin ich gerade wollte, wie es mir ginge und warum ich so und nicht anders handelte. Zum Beispiel gestern: Als ich mit klatschnassen Klamotten in Garys Apartment zurückgekommen war, hatte ich Sean ein Märchen erzählt, dass sich schon beinahe die Balken bogen.

Ich hatte rumgestammelt, dass ich joggen war, anschließend ein paar Dehnübungen gemacht und mich dann an den Strand gelegt hatte, um mich ein bisschen auszuruhen. Und dann war plötzlich eine große Welle über mich gerollt. Sean hatte mich fassungslos angeschaut und den Kopf geschüttelt – er muss davon überzeugt gewesen sein, dass ich mindestens 80 Prozent meines Verstandes in Saddle Pass zurückgelassen hatte. Aber wenigstens ließ er mich in Ruhe. Er schien seinen eigenen Gedanken nachzuhängen.

»Na, toll!« Sean deutete auf den Fernseher. »Da kommt noch mehr von dem Schwachsinn!«

Auf dem Bildschirm war ein anderes Paar zu sehen – sie waren sich gerade in die Arme gesunken.

»Oh Chet! Du bedeutest mir alles!«, murmelte die Schauspielerin. »Ich werde dich immer lieben!«

»Ja, klar Mann!« Sean ächzte. »Gerade mal so lange, bis ein anderer daherkommt. So ein Müll!«

Ich konnte den ganzen Schwachsinn auch nicht mehr

länger ertragen. Die grünen, schmachtenden Augen der Schauspielerin erinnerten mich an Holly. Als sich die beiden auf dem Bildschirm leidenschaftlich zu küssen begannen, versuchte ich, mich ganz auf die Tüte Doritos zu konzentrieren.

»Diese Fernsehserien sind doch der letzte Dreck!«, maulte Sean weiter. »Völlig weltfremd! In der Realität sieht das ganz anders aus. Im Fernsehen versuchen die Mädels nie, dein Verhalten zu ändern. Und sie werfen dich auch nicht raus, nur weil du einen einzigen, winzigen Fehler gemacht hast!«

Hm, überlegte ich. Eine Portion Doritos enthalten 1,5 g gesättigte Fettsäuren; jede Packung enthält 15 Portionen. Wenn ich also eine ganze Tüte Doritos esse …

»Sieh dir doch nur diesen Typ an! Was für ein jämmerlicher, mieser Kerl! Redet davon, dass er ohne sie völlig aufgeschmissen wäre! So redet doch niemand! Devin? Hörst du mir überhaupt zu? Devin, sieh dir das doch an! Das ist doch völlig unrealistisch, oder nicht?«

»Ziemlich!«, pflichtete ich ihm bei, nachdem ich wieder einen Blick auf die Mattscheibe geworfen hatte. »So küsst man nur, wenn man hinterher über und über mit Lippenstift verschmiert sein will!«

Sean brummelte. »Ich meine nicht ihr Make-up, Schaub! Ich rede von dem schmalzigen Gesülze, das sie ablassen. Der Typ ist so attraktiv wie ein Stück Seife und diese Superfrau bandelt ausgerechnet mit ihm an! Im wirklichen Leben sieht die Sache ganz anders aus!«

Auf einmal platzte mir der Kragen! Ich wurde wütend!

»Ich habe dein ständiges Gemaule restlos satt!«, brüllte ich Sean an und sprang auf. »Nur weil dir ein einziges Mädchen den Laufpass gegeben hat, gehst du ganz selbstverständlich davon aus, dass das gesamte weibliche Geschlecht verkommen ist! Du und dein dämlicher Pakt! Du hast geglaubt, es ginge uns besser, wenn wir die Finger von den Mädchen lassen – sieh dir an, was aus uns geworden ist! Wir lungern rum und schauen uns Vorabendserien an – wie ein paar dämliche Waschlappen!«

Sean saß wie versteinert auf der Couch. Seine Augen waren vor Schreck weit aufgerissen, seine Kinnlade klappte nach unten, und die halb zerkauten Doritos, die er im Mund hatte, drohten herauszufallen. Ich konnte trotzdem nicht aufhören, ihm gehörig die Meinung zu sagen. Die Worte purzelten nur so aus mir heraus.

»Eins sage ich dir!«, ratterte ich weiter. »Dein dämlicher Pakt und dein schwachsinniges Macho-Gehabe haben mich eine wundervolle Freundschaft gekostet! Genau! Du hast richtig gehört! Ich habe ein tolles Mädchen kennen gelernt! Ich habe wirklich eine sagenhafte Bekanntschaft gemacht!«

»Wie bitte?«

»Du hast mich richtig verstanden! Ich habe dir nichts davon erzählt, weil ich nicht wusste, wie du darauf reagieren würdest. Aber ich habe keine Angst mehr vor dir! Und nur wegen deiner dämlichen Idee und weil ich versucht habe, genauso locker zu sein wie du, hat sie ihr Vertrauen zu mir verloren!«

Sean schien vor Wut zu kochen. Immer wieder ballte er

seine Hände zu Fäusten. Als ich ihn so dasitzen sah, verrauchte meine Wut langsam. Ich hatte nur noch Mitleid mit dem Kerl.

»Ich kann das einfach nicht glauben!« Er starrte mich fassungslos an und schüttelte den Kopf. »Was bist du nur für ein Schwächling!«

Ich seufzte tief und senkte meine Stimme. »Hör zu! Ich bin dein Freund, Sean, und es tut mir Leid, dich so elend herumsitzen zu sehen. Aber komm zurück in die Wirklichkeit, Junge! Du machst alles nur noch schlimmer!«

»Du hast überhaupt keine Ahnung!«, presste er zwischen zusammengebissenen Zähnen hervor. »Und du bist nicht mein Freund. Jedenfalls jetzt nicht mehr!«

»Das tut mir Leid.« Ich sagte es mehr aus Mitleid mit ihm als aus Bedauern um die Sache selbst. Ich drehte mich um und lief zur Wohnungstür.

»Ja, lauf nur weg!«, rief Sean mir wütend hinterher. »Lauf ruhig weg vor mir!«

Ich trat auf den Flur, dann drehte ich mich kurz um und warf einen Blick zurück. »Ich laufe nicht vor jemandem weg, Sean, sondern *zu* jemandem!«

Ich war froh, dass ich daran gedacht hatte, meine Windjacke überzuziehen. Entweder war das Wetter tatsächlich schlechter geworden, oder aber es war die eisige Stimmung, die mich die Temperatur kälter empfinden ließ. Während ich am Strand entlangspazierte, merkte ich, wie mir das kleine Döschen mit der Schildkröte immer wieder gegen die Brust schlug – ganz so, als wolle die Schildkröte mir etwas sagen.

Als ich am Café *Blinkers* angekommen war, starrte ich ein paar Minuten durchs Schaufenster. Das *Blinkers* war gerammelt voll, aber hin und wieder riss die Menge am Tresen auf und ich konnte zusehen, wie Holly mit der Cappuccino-Maschine hantierte.

Was zum Teufel soll ich ihr nur sagen?, überlegte ich. Was, wenn allein mein Anblick genügt, um bei ihr einen erneuten Wutanfall auszulösen. Womöglich übergießt sie mich mit heißem Kaffee? Vielleicht wäre es besser, mich von ihr fern zu halten und uns beiden weiteren Kummer zu ersparen.

Ich seufzte tief. Als ich mich an die Fensterscheibe lehnte, hörte ich, wie die Keramik-Schildkröte gegen das Glas schlug. War das vielleicht ein Zeichen? Impulsiv holte ich das Döschen aus meiner Jackentasche, wickelte die Schildkröte aus und betrachtete sie mir genauer.

Ich überlegte gerade, ob die Schildkröte mich zaghaft anlächelte, als eine Stimme zu mir sagte: »Junge, ist das kalt hier draußen!«

Ich wäre beinahe rückwärts durch das Fenster gefallen. Für den Bruchteil einer Sekunde glaubte ich, die Schildkröte hätte zu mir gesprochen. Dann aber sah ich, dass Bowman neben mir stand. Er rieb sich die Oberarme.

»Oh, hallo!«, sagte ich.

»Das ist eine nette Schildkröte!«, stellte er fest und deutete auf die kleine Box. »Schildkröten sind überhaupt ziemlich genial. Und weißt du, was ganz besonders faszinierend an ihnen ist?«

»Nein – was denn?«, fragte ich ungeduldig. Ich starrte durch das Fenster und betrachtete Holly.

Bowman machte ein paar Schritte auf mich zu und sagte: »Ihr Panzer, Kumpel!«

Toll, dachte ich bei mir. Das ist ja ein echter Schlauberger!

»Glaub mir, sie sehen nur wegen ihres harten Panzers so unverletzlich aus. Aber das sind sie nicht!«, fuhr er fort. »Wenn man ihnen den Panzer abnimmt, sind sie ziemlich klein und verwundbar. Der Panzer dient ihnen nur als Schutz. Ein Panzer macht noch keine Schildkröte!«

Ich warf ihm einen verwunderten Blick zu. Bowman lächelte mir zu, klopfte mir freundschaftlich auf die Schulter und lief hinein ins *Blinkers*. Ich wusste nicht, ob er mir mit dem, was er eben gesagt hatte, etwas andeuten wollte – oder ob er einfach nur über die Biologie eines Reptils philosophiert hatte. Egal – Bowman hatte es irgendwie geschafft, mir mein Selbstvertrauen zurückzugeben. Ich würde es schaffen, Holly gegenüberzutreten!

»Guten Tag! Was darf's denn sei...« Holly blieben die Worte im Hals stecken, als sie vom Tresen hochblickte und mich erkannte.

»Ich hätte gern eine zweite Chance, bitte!«, sagte ich.

Holly blickte mich erst ungläubig an, dann heftete sie ihren Blick auf den Tresen. »Mach dich bitte nicht über mich lustig, Devin!«, sagte sie leise. »Tu mir das nicht an!« Die Schärfe, die noch am Vortag in ihrer Stimme gelegen hatte, war verschwunden. Jetzt klang sie einfach nur verletzt.

»Ich meine es ernst! Bitte, lass uns ein paar Dinge klären und ich verspreche dir, dass ich dich anschließend in Ruhe lassen werde!« Ich bückte mich ein wenig, um ihr in ihre nach unten gerichteten Augen blicken zu können. »Bitte Holly! Kannst du dir nicht einen Augenblick freinehmen? Es ist wichtig!«

»Nein! Siehst du nicht, dass ich zu tun habe?«

»Nun geh schon, Holly!«, unterbrach sie Bowman. »Ich schaffe das auch alleine!«

»Es ist viel zu voll, Bowman! Auf gar keinen Fall!«

»Ach komm. Ich krieg das schon geregelt! Pass auf!« Er deutete zu jedem einzelnen Kunden, der in der Schlange am Tresen stand: »Also ... ein Mochaccino, ein Café au lait, ein doppelter Espresso – nein, warte, ein entkoffeinierter doppelter Espresso, ein Erdbeershake und ein Cappuccino mit extra viel Milchschaum! Stimmt's?«

Die Kunden starrten Bowman fassungslos an, dann nickten sie alle einhellig.

»Siehst du?«, sagte er zu Holly. »Ich weiß Bescheid. Jetzt nimm dir fünf Minuten Pause und lass mich hier allein!«

Er schob sie beiseite und wies ihr den Weg nach hinten. Dann wandte er sich dem nächsten Gast zu. Holly stand einen Augenblick betreten da, dann nahm sie ihre Schürze ab und warf sie unter den Tresen. »In Ordnung!«, sagte sie. »Du hast fünf Minuten Zeit!«

Sie lief an den Tischen vorbei in die hintere Ecke des

Cafés an den kleinen Tisch, an dem wir vor fünf Tagen gemeinsam Karten gespielt hatten.

»Also? Ich höre!« Sie schlug ihre Beine übereinander und verschränkte die Arme vor ihrer Brust. Trotzig schob sie ihr Kinn nach vorn. Wie eine Schildkröte, die sich unter ihrem Panzer versteckt, dachte ich plötzlich.

»Es tut mir Leid – alles tut mir Leid! Ich habe mich wie ein Vollidiot verhalten und ich möchte mich dafür entschuldigen, dass ich dich zum Narren gehalten habe!«

Sie seufzte ungeduldig und zog eine Augenbraue nach oben. »Ist das alles?«

»Nein. Noch lange nicht. Hör mir einfach zu, okay?«

Ich holte tief Luft, dann fing ich an zu erzählen. Ich holte weit aus. Ich erzählte ihr, wie ich Tasha und Brad Culpepper ertappt hatte und davon, dass ich mich immer heimlich davongeschlichen hatte, ohne Sean von ihr zu erzählen. Es tat gut, das alles loszuwerden – so, als würde ich nach einer Woche endlich meine Koffer auspacken und anfangen, mich heimisch zu fühlen. Ich redete und redete, und Holly blickte mich die ganze Zeit über genau an. Sie hatte ihren Kopf zur Seite gelegt und ihre Augen musterten mich so durchdringend, als würde sie mich mit einem Infrarot-Scanner durchleuchten.

»Das ist also die ganze Geschichte?«, fragte sie, als ich aufgehört hatte. »Das ist alles? Du hast wegen deines Freundes gelogen?«

»Ja. Nun – zumindest teilweise!«

»Erzähl weiter!«

Ich seufzte tief und spielte nervös mit meinen Fingern.

»Ich habe meine Bekanntschaft mir dir auch als Gelegenheit betrachtet, mal … nun ja, endlich mal ein bisschen cooler aufzutreten. Sean hat mir immer eingeredet, dass ich mich Frauen gegenüber nicht so aufgeschlossen zeigen soll. Er meinte, dass es viel besser ist, geheimnisvoll zu wirken.«

»Ist das der Freund, der sich auch den Pakt ausgedacht hat? Klingt ziemlich abgedreht!«

»Das ist mir vor ein paar Tagen auch klar geworden. Sean ist einer der Typen, die Mädchen magisch anziehen. Ich hatte geglaubt, dass es mir genauso gehen würde, wenn ich mich wie Sean verhalte. Ich wollte genauso locker wirken wie er!«

Holly legte ihre Stirn in Falten und starrte aus dem Fenster.

Was bin ich nur für ein schrecklicher Feigling!, dachte ich. Ich war überzeugt, dass sie mich hassen musste. Aber wenigstens kannte sie jetzt die Wahrheit. Das war ich ihr schuldig gewesen!

»Es tut mir schrecklich Leid!«, sagte ich ziemlich lahm. »Ich hab alles vermasselt, und ich kann verstehen, dass du mir nicht verzeihst.«

Sie starrte noch immer unaufhörlich nach draußen auf das Pier.

»Nun, das war's dann also. Vielen Dank, dass du mir zugehört hast!«, sagte ich. »Oh, das hier ist übrigens für dich.« Ich holte die Schildkröte aus meiner Tasche und setzte sie auf den Tisch. »Ich hatte leider keine Gelegenheit, sie dir früher zu geben.«

Immer noch keine Reaktion.

»Also dann – mach's gut!« Die Sache war gelaufen. Ich warf einen letzten, langen Blick auf sie, bevor ich für immer aus ihrem Blickfeld verschwinden würde. Mein Herz krampfte sich zusammen, als ich sie mir noch einmal genau betrachtete: Ihre Augen waren grün und funkelten wie ein Weihnachtsbaum, ihr Haar war sanft gewellt und erinnerte mich an den Ozean da draußen vor der Tür, ihre Lippen waren so weich wie … Ich wandte ganz schnell meine Augen von ihr ab und drehte meinen Stuhl, um zu gehen.

»Das ist die pure Ironie!«, sagte sie plötzlich.

»Wie bitte? Was ist?« Ich setzte mich wieder hin und starrte sie ungläubig an.

»Da hast du also die ganze Zeit versucht, dich mir gegenüber cool zu verhalten?« Sie atmete tief durch und entknotete ihre Arme. Der abweisende Blick verschwand langsam aus ihrem Gesicht. »Also, hör zu. Ich weiß, was es heißt, andere nicht zu nah an sich heranzulassen. Genauso verhalte ich mich nämlich meistens. Aber nicht, um lässig zu wirken, sondern um mich zu schützen. Nach all dem, was zwischen meiner Mom, meinem Dad und meinem Stiefvater passiert ist, hatte ich beschlossen, nie, wirklich niemals wieder jemanden an mich heranzulassen – denn dann würde mich auch niemand mehr so schrecklich enttäuschen können. Verstehst du das?«

Ich nickte.

»Meine Freundinnen und all die Jungs, mit denen ich bisher mal ausgegangen bin, sagen mir die ganze Zeit, dass ich lockerer werden muss – mich anderen Menschen gegenüber viel aufgeschlossener geben muss. Ich habe es nie geschafft. Außer bei dir. Auf einmal war es ganz leicht, so viel zu erzählen – Dinge, die ich noch nie zuvor jemandem erzählt habe. Ich weiß nicht, warum – es hat einfach gestimmt zwischen uns.«

»Ich weiß. Mir ging's ganz genauso.«

Schweigen. Holly nahm die Schildkröte in die Hand und betrachtete sich ihr grinsendes Gesicht.

»Wirklich schade, dass wir nicht einfach auf die Rückspultaste drücken und noch mal vorn vorne anfangen können«, sagte sie. »Wir könnten dann von Anfang an einfach wir selbst sein.«

Ich wollte gerade etwas sagen, als Bowman Hilfe suchend vom Tresen zu uns herüberrief.

»He, Holly! Die Kasse piepst ganz schrecklich laut – ich kämpfe verzweifelt mit der Kassenrolle! Ich glaube, das Ding ist sauer auf mich!«

»Sieht so aus, als ob die Zeit abgelaufen ist!«, sagte sie und verdrehte die Augen. Sie stand auf, blieb eine Sekunde an meinem Stuhl stehen, dann eilte sie Bowman zu Hilfe.

Während sie die Kassenrolle bändigte, reihte ich mich an der Theke in die Warteschlange ein.

»Hallo! Tut mir Leid, dass sie warten mussten. Was darf's sein?«, fragte Holly, während sie fieberhaft auf den Tasten herumtippte und die Kasse neu einstellte.

»Kann ich einen Orangensaft haben?«, sagte ich im allerbesten Südstaaten-Akzent.

Sie blickte überrascht auf. »Schon möglich!« Sie lächelte.

»Ich heiße Devin. Ich bin zurzeit zu Besuch hier in der Stadt und möchte wissen, ob du vielleicht Lust hast, hin und wieder mit mir joggen zu gehen. Hier …« Ich griff nach einem Kugelschreiber und kritzelte ein paar Zahlen auf eine Serviette. »Das ist die Telefonnummer, unter der ich zu erreichen bin!«

»Ich heiße Holly«, sage sie, nahm meine Hand und schüttelte sie. »Und ich möchte liebend gern mit dir joggen!«

Die Coladose knisterte zwischen meinen Handflächen. Als ich an dem metallenen Ring zog, um die Dose zu öffnen, schwappten ein paar Tropfen Cola über und liefen mir über die Finger.

Wie konnte Devin mich nur so anlügen?, dachte ich wütend. In diesem Moment kam Gary durch die Wohnungstür.

»Hi Gary! Ich habe gedacht, du schläfst noch. Warst du so früh schon arbeiten?«

»Sean, ich muss mit dir reden!«, sagte er ernst. »Wo ist Devin?«

»Wen interessiert das schon?«, murmelte ich, noch immer wütend. »Wir haben uns gestritten und er ist aus dem Haus gerannt.«

»Oh. Das tut mir Leid! Nun, vielleicht ist es ja besser, wenn ich es dir unter vier Augen erzähle.« Er ließ sich neben mir auf dem Sofa nieder und rieb sich aufgeregt die Handflächen – so, wie er es immer tat, wenn er nervös war.

»Was gibt's denn?« Sein angespannter Blick verunsicherte mich.

»Ich weiß nicht, ob dir schon aufgefallen ist, dass sich hier einiges verändert hat?«

Oh nein, dachte ich. Jetzt kommt's.

»Ich war die letzte Nacht überhaupt nicht zu Hause!«

Ich rechnete sofort mit dem Schlimmsten. »Wo warst du? Im Gefängnis? Im Krankenhaus? Mensch, ich habe ja schon mitgekriegt, dass du dich ziemlich verändert hast, aber ich hätte nie geglaubt …«

»Nein, nein! Du liegst völlig falsch!«, sagte er hastig. »Ich habe bei meiner Freundin übernachtet!«

»Bei deiner Freundin?«

»Ja. Du hast sie schon kennen gelernt – oder besser, sie ist dir schon mal über den Weg gelaufen.« Gary sah betreten aus. »Du erinnerst dich an Julie? Die Frau, von der ich behauptet habe, sie sei meine Putzfrau?«

»Sie ist deine *Freundin?«*

»Ja. Wir sind seit ein paar Monaten zusammen. Seit einiger Zeit ist die Sache ernst – ziemlich ernst sogar. Ende des Jahres ziehen wir zusammen. Deshalb sind auch so viele meiner Sachen verschwunden!«

»Warum hast du mir nichts davon erzählt?«, fragte ich.

»Ich wollte – aber dann hast du angerufen und mir von Jo Beth erzählt und gefragt, ob du mich besuchen kannst, um auf andere Gedanken zu kommen«, erklärte Gary. »Noch am gleichen Abend hat auch Claire angerufen. Sie hat mir erzählt, dass du seit einigen Wochen nur noch rumlungerst und gar nicht mehr der Alte bist – du triffst dich nicht mehr mit deinen Freunden, gehst deiner Familie aus dem Weg, und fauchst alle Leute nur noch wütend an.«

»Typisch Claire! Immer macht sie aus einer Mücke einen Elefanten!«

»Meinst du? Seit du hier bist, lungerst du nur in der Wohnung rum. Ich mache mir ernsthaft Sorgen um dich, Junge! Ich hatte gehofft, dass dein Pakt dir helfen würde, aber es sieht überhaupt nicht danach aus!«

»Mir geht es gut! Warum hacken nur alle auf mir rum? Mein Plan braucht einfach nur ein bisschen Zeit!«

Gary seufzte und betrachtete nachdenklich seine Hände. »Hör zu. Ich kann mir vorstellen, was du denkst. Ich bin jetzt 37 Jahre alt. Lange Zeit war ich überzeugt davon, nicht mehr ich selbst zu sein, sobald ich mich mit einer Frau einlasse. Ich dachte immer, eine Frau würde mir nur meine ganze Kraft rauben. Aber dann bin ich Julie begegnet. Sie ist was ganz Besonderes. Seit ich sie kenne, geht es mir viel besser. Ich bin gelassener geworden. Sie hat einen besseren Menschen aus mir gemacht!«

Zum zweiten Mal an diesem Tag war ich sprachlos. Und schockiert. Ich hätte nie geglaubt, dass ausgerechnet Gary jemals solche absolut kitschigen Sprüche vom Stapel lassen würde!

»Ich liebe sie, Sean«, fuhr er fort. »Ich erwarte gar nicht, dass du mich verstehst. Aber eins musst du mir glauben: Geh nicht *allen* Frauen aus dem Weg, nur weil du *eine* schlechte Erfahrung gemacht hast. Genauso gut könntest du das Football-Spielen sein lassen, weil du ein einziges schlechtes Spiel geliefert hast!«

Ich konnte ihm nicht mehr länger zuhören. Ich stand eilig auf – so hastig, dass ich befürchtete, meine Kniebandage zu sprengen. Ohne Gary auch nur eines einzigen Blickes zu würdigen, rannte ich zur Wohnungstür.

»Sean? Alles in Ordnung? Wo willst du hin?«

»Weg!«, rief ich ihm über die Schulter zu.

Ich musste raus hier – nur weg. Ich hatte Angst davor, noch mehr solch umwerfende Neuigkeiten zu erfahren. Ich musste das alles erst einmal verdauen.

Und zum allerersten Mal seit Jahren befürchtete ich, in Tränen auszubrechen.

Es tut gut, faul am Strand zu liegen und auf das Meer zu starren, wenn man sich über Verschiedenes klar werden will! Der weiche Sand schmiegt sich an den Körper und das Rauschen der Wellen macht den Kopf wieder klar!

Nachdem ich vor Gary davongelaufen war, lief ich zum Strand und ließ mich in den Sand fallen. Ich ließ meinen Gefühlen freien Lauf. Zum Glück war niemand in der Nähe, der sah, wie mir die Tränen übers Gesicht liefen – nur ein großer Schwarm Möwen kreiste über mir; wahrscheinlich hofften sie, dass ich sie füttern würde. Oder vielleicht waren es ja auch Geier, die mich für ein gefundenes Fressen hielten.

»Weg mit euch!«, sagte ich heiser. »Ich bin noch am Leben!«

War ich das wirklich? Seit Wochen fühlte ich mich völlig ausgepumpt. Ich handelte nur noch mechanisch. Die einzigen Momente, in denen ich mich so richtig lebendig gefühlt hatte, waren die, die ich mit Alex verbracht hatte.

Stimmen schwirrten in meinem Kopf. Zuerst hörte ich

Claire sagen: »Wovor hast du eigentlich Angst?«; dann Gabriel: »Aber du hast bestimmt vor gar nichts Angst – nie!« Und Devin: »Komm zurück in die Wirklichkeit, Junge!« Schließlich auch noch Gary: »Geh nicht *allen* Frauen aus dem Weg, nur weil du *eine* schlechte Erfahrung gemacht hast!«

Und plötzlich drangen all diese Worte langsam zu mir durch! Sie hatten Recht. Die ganze Zeit über hatte ich Angst gehabt – Angst davor, dass jemand Macht über mich gewinnen könnte. Jahrelang hatte ich Devin für einen Schwächling gehalten. Plötzlich wurde mir bewusst, dass er den Mut hatte, noch einmal von vorn zu beginnen. Und Gary … Ich musste daran denken, wie glücklich er ausgesehen hatte, als er sagte: »Ich liebe sie, Sean!« Gary schien im siebten Himmel zu schweben. So glücklich hatte ich ihn nie zuvor erlebt.

Auf einmal hatte ich es furchtbar eilig. Ich stand auf und rannte, so schnell es meine Kniebandage zuließ. Sand stob auf, die Möwen kreischten überrascht auf und flogen in alle Himmelsrichtungen davon.

Alex öffnete die Wohnungstür. Atemlos und völlig sandig stand ich vor ihr. »Sean! Was ist los? Sag nur nicht, dass es schon wieder die Spülmaschine ist!?«

»Nein, nein! Alles in Ordnung so weit. Es ist nur – ich … ich muss mit dir reden!«

Sie runzelte die Stirn.

»Bitte Alex! Kann ich nicht einen Moment reinkommen?«

»Ich glaube nicht!« Sie wollte die Tür wieder schließen.

»Warte!« Ich klemmte einen Fuß in die Öffnung und sah sie an. »Bitte, hör mir nur kurz zu, ja? Wie ein guter Nachbar.«

Sie seufzte hörbar. »Also gut!«, sagte sie. »Aber putz dir die Schuhe ab!«

Als wir ins Wohnzimmer traten, hörte ich, wie Gabriel Alex zurief: »Wer ist es denn, Alex?«

»Niemand. Mach dir keine Gedanken!«, rief sie zurück. Dann wandte sie sich an mich. »Komm, wir gehen am besten auf den Balkon.«

Ich folgte ihr auf den Balkon. Einige Minuten lang standen wir schweigend am Geländer und starrten uns gegenseitig an. Keiner sagte ein Wort.

»Es tut mir Leid, dass ich mich so bescheuert benommen habe«, platzte ich schließlich heraus. »Ich habe ziemlich herumgesponnen. Es ist einfach eine Menge passiert! Aber ich habe endlich kapiert, was mit mir los ist!«

Ich redete wie ein Wasserfall. Ich klang wie Gabriel, wenn er sehr aufgeregt war.

»Also, hör zu. Kurz bevor ich nach Kalifornien gekommen bin, hat mir meine Freundin den Laufpass gegeben. Es kam für mich wie aus heiterem Himmel! Ich hatte keinen blassen Schimmer, dass unsere Beziehung nicht mehr in Ordnung war. Das hat mich ziemlich umgehauen. Also beschloss ich, einfach allen Mädchen aus dem Weg zu gehen. Und dann bin ich dir begegnet. Ich – ich habe mich total in

212

dich verliebt, wollte es mir aber nicht eingestehen. Allein der Gedanke daran, noch einmal so verletzt zu werden, versetzte mich in Panik, und so versuchte ich einfach nur, mich von all dem fern zu halten. So wie du immer die Achterbahn gemieden hast!«

Alex' Augen wurden immer größer. Ich konnte nicht einschätzen, was sie von meinem Geständnis hielt.

»Ich redete mir ein, dass es mit dir nichts Ernstes wäre. Aber das war nur ein verzweifelter Versuch, mir selbst etwas vorzumachen.« Ich griff nach ihrer Hand und zog sie zu mir her. »Als wir uns neulich hier draußen geküsst haben, wurde mir plötzlich bewusst, wie sehr ich mich selbst belogen hatte. Die Gefühle, die ich für dich hegte, waren stärker als alles, was ich je erlebt hatte. Das bedeutete aber auch, dass es für mich nichts Schlimmeres geben würde, als dich zu verlieren. Also bin ich dir aus dem Weg gegangen!«

Eine Träne rollte ihr übers Gesicht. Ich hob meine Hand und wischte die Träne mit meinem Daumen langsam weg.

»Ich bin verrückt nach dir, Alex!«, murmelte ich. »Und ich habe nicht länger Angst davor, es dir zu sagen. Du … du gibst mir Kraft – so als wäre ich in deiner Gegenwart ein besserer Mensch. Ich … ich liebe dich, und will dich nicht verlieren! Das wäre das Gleiche, wie wenn man ein Football-Match erst gar nicht antreten würde, nur weil man Angst davor hat, zu verlieren.« Ich wusste, dass das alles ziemlich kitschig klingen musste. Aber es war mir egal.

»Ich möchte dich auch nicht verlieren!«, sagte sie mit leiser, zärtlicher Stimme. »Und auch ich hatte Angst. Angst davor, jemanden zu lieben, und ihn dann wieder zu verlieren – wie Dad. Deshalb habe ich dich rausgeworfen.«

»Aber jetzt bin ich wieder da!«, flüsterte ich, beugte mich zu ihr und legte meine Wange an ihre.

»Ja. Jetzt bist du wieder da!«

Wir küssten uns, und ich merkte, dass die Welt um mich herum endlich wieder in Ordnung war. Oder vielleicht war ja auch ich derjenige, der wieder normal geworden war. Egal – es sah auf alle Fälle so aus, als ob sich das Blatt wieder zum Guten gewendet hatte.

»He – Moment! Mir fällt gerade etwas ein!«, sagte ich und schob Alex von mir weg. »Ich muss unbedingt noch etwas erledigen!«

»Was ist denn los? Was ist denn plötzlich so wichtig?« Besorgt blickte sie mir nach, als ich durch die offene Balkontür davonstapfte.

»Ich muss unbedingt telefonieren! Ein ganz wichtiges Gespräch!«

»Wen willst du anrufen?«

»Den Talentscout einer Uni in Kalifornien, der mir vor zwei Monaten seine Visitenkarte gegeben hat. Mir ist endlich klar geworden, wo ich hingehöre!«

Devin

Es war später Nachmittag. Die Sonne versank langsam im Meer, der Wind frischte auf und der Himmel färbte sich orange. Langsam lief ich zurück zu Garys Apartment. Bei dem Gedanken, mit Holly endlich im Reinen zu sein, fühlte ich mich – um mit Seans Worten zu sprechen – total abgedreht. Aber mit jedem Schritt, den ich näher auf Garys Wohnung zukam, näherte ich mich auch dem wütenden Sean. Ich freute mich kein bisschen darauf, ihn zu sehen.

Aber – und das war das Gute an der Sache – ich hatte keine Angst davor, ihm zu begegnen. Die Tatsache, dass ich ihm heute Morgen endlich die Meinung gesagt hatte, hatte mir deutlich gemacht, dass Sean auch nur ein Mensch war. Er war zwar stark, ziemlich dickköpfig und sehr sportlich, aber er war genauso verletzlich wie wir anderen auch.

Sean war ein guter Freund. Er war immer für mich da gewesen. Und ich hatte ihn in letzter Zeit nur noch angelogen und hintergangen! Ich wollte mich dafür entschuldigen. Aber ich durfte es nicht mehr zulassen, dass er Entscheidungen traf, die *mein* Leben betrafen.

Als ich auf Garys Wohnungstür zulief, hörte ich lautes Lachen. Vorsichtig öffnete ich dir Tür!

»Devin! Da bist du ja endlich! Komm rein!«, rief Gary. Er saß auf der Couch. Neben ihm saß eine bildhübsche, blonde Frau. Sean saß in dem Liegesessel daneben.

»Äh … hallo Jungs!«, stammelte ich verwirrt. »Was ist denn hier los?«

»Ich möchte dir jemanden vorstellen!«, sagte Gary und bedeutete mir näher zu kommen. Er stand auf, nahm die Frau an den Händen und zog sie hoch. »Das ist Julie, meine Freundin. Nun, eigentlich, um genauer zu sein – ich muss mich erst noch daran gewöhnen – meine Verlobte!«

Er lächelte und trat nervös von einem Bein auf das andere – als sei er ein hyperaktives Kleinkind. Julie sah genauso glücklich aus wie er – sie wirkte nur wesentlich gefasster. Sie streckte mir ihre Hand entgegen.

»Nett, dich kennen zu lernen!«, sagte sie.

»Gleichfalls! Also – ihr zwei seid verlobt?« Ich war völlig von den Socken. Anscheinend hatte ich etwas verpasst!

»Genau!«, sagte Julie. »Sieh mal, das ist das Weihnachtsgeschenk, das Gary mir gemacht hat!« Sie streckte mir ihre linke Hand entgegen. An ihrem Ringfinger funkelte ein kleiner, runder Diamant.

»Wow, Gary! So eine Überraschung!«

»Und wieso … wie kommt es, dass ich davon die ganze Zeit nichts mitgekriegt habe?«, stammelte ich.

Gary warf einen viel sagenden Blick zu Sean. »Das ist eine lange Geschichte.«

»Setz dich doch zu uns!«, forderte Julie mich auf. »Wir stoßen gerade an – auf die Liebe!«

Ich zog mir einen Wohnzimmerstuhl heran und Gary lief

in die Küche, um mir ein Glas zu holen. Dann prosteten wir uns zu!

»Auf das glückliche Paar!«, rief Sean.

»Auf die wahre Liebe!«, fügte ich hinzu. Ich war erstaunt, wie locker Sean das Ganze nahm.

Die Gläser klirrten. Gary und Julie tauschten verliebte Blicke aus. Ich ließ Sean nicht aus den Augen – aber er hielt den Blick gesenkt. Es war ziemlich klar, dass er meinem Blick auswich.

»Oh nein! Ich habe gar nicht gewusst, dass es schon so spät ist!« Gary sprang vom Sofa. »Julie und ich müssen in zehn Minuten im Restaurant sein! Tut mir Leid, Jungs, dass wir so davonlaufen, aber wir haben einen Tisch reserviert!«

»Macht euch keine Gedanken!«, sagte Sean.

Julie schüttelte mir die Hand, dann umarmte sie Sean. Schließlich verließen die beiden die Wohnung.

Als die Tür hinter ihnen ins Schloss gefallen war und ihre Schritte verhallt waren, sah Sean mir ins Gesicht.

»Onkel Gary ist also verlobt?«, fragte ich.

»Ja!«, sagte er abwesend – so als hätte er die Frage gar nicht richtig gehört. Dann erhob er sich aus dem Liegesessel und begann, mit seinen Fingerknöcheln zu knacken.

Jetzt geht es also los, dachte ich trübselig. Ich stand auf und machte mich bereit, ihm tapfer entgegenzutreten.

»Hör mal zu, Devin – wegen unserem Streit heute Morgen ... da gibt es ein paar Sachen, die ich richtig stellen möchte. Ich möchte, dass du weißt ...« Er hielt inne und holte tief Luft. »Es tut mir Leid, Kumpel!«

»Äh – was?« Ich war völlig perplex. Beinahe wäre ich rückwärts umgefallen.

»Du hattest Recht. Der Pakt war ziemlicher Schwachsinn. Ich glaube, ich hatte vorübergehend den Verstand verloren!«

Es war ziemlich komisch, Sean so kleinlaut und betreten zu erleben.

»Hast du dein Mädchen getroffen?«, fragte er.

»Ja.«

Sean nickte. »Du wirst dich in Zukunft nicht mehr heimlich davonschleichen müssen, um sie zu treffen. Eigentlich würde ich sie ziemlich gern kennen lernen. Gary und Julie übrigens auch. Vielleicht könnten wir ja zu sechst etwas unternehmen!«

»Klar! Aber wer ist die Nummer sechs? Meinst du nicht eher uns fünf?«

Sean grinste. Auf einmal war er wieder ganz der Alte. »Hast du Hunger?«, fragte er.

»Hä? Ja, aber ...«

»Komm mit!«, sagte er und lotste mich aus der Wohnung. »Ich weiß, wo wir ein paar sagenhaft gute Tamales abstauben können!«

Zehn … neun … acht … sieben … sechs … fünf … vier … drei … zwei … eins! Prost Neujahr!« Alle schrien wie wild durch die Gegend.

»Huurraa!«, brüllte Gabriel.

Alex und ich lachten, als wir uns küssten. Neben uns gab Devin seiner Freundin einen Kuss! Mein Kumpel! Hat sich doch tatsächlich ein super Mädchen geangelt – Augen grün wie ein Smaragd und endlos lange Beine. Außerdem ist sie voll in Ordnung. Sie schwärmt sogar für die 49ers!

Wir saßen zu fünft auf einer Decke am Strand. Gary und Julie waren zu einer großen Silvesterparty im Hotel gegangen. Sie hatten uns zwar eingeladen mitzukommen, aber Mrs Lopez hatte Nachtdienst im Krankenhaus und Alex musste auf Gabriel aufpassen. Klar, dass ich den Silvesterabend mit ihr verbringen wollte, und Devin und Holly waren einverstanden gewesen, uns Gesellschaft zu leisten. Am nächsten Tag würden Devin und ich nach Oklahoma zurückfliegen. Ich konnte mir nichts Besseres vorstellen, als meinen letzten Abend in Kalifornien damit zuzubringen, am Strand zu sitzen und Alex im Arm zu halten.

»In Ordnung, Jungs. Schnappt euch was zu trinken, dann stoßen wir auf das neue Jahr an!«, sagte Alex. Sie kramte fünf Plastikbecher und etwas alkoholfreien Wein aus ihrem Picknick-Korb. »Wer hält eine kurze Ansprache?«

»Ich mache das!«, bot sich Devin an. Sobald jeder einen gefüllten Becher in der Hand hielt und alle aufgestanden waren, räusperte er sich und sagte: »Auf das neue Jahr!« Dann drehte er sich um und zwinkerte Holly verliebt zu. »Und auf alle, die neu anfangen!«

»Prost! Prost!«, fielen wir alle ein.

»So, jetzt ist es aber wirklich Zeit zu gehen, Gabriel!«, verkündete Alex. »Ich hatte dir versprochen, dass du mit uns ins neue Jahr hineinfeiern darfst, wenn du nach Mitternacht sofort ins Bett gehst ohne herumzutrödeln. Erinnerst du dich?«

»Aber ich bin überhaupt nicht müde! Ihr wollt mich nur loswerden, damit ihr in Ruhe knutschen könnt!«

»Du hast Recht!«, sagte ich im gleichen Moment, in dem Alex rief: »Stimmt gar nicht!«

Gabriel warf mir einen wissenden Blick zu. »Einverstanden! Ich gehe ins Bett!«

»Danke!«, sagte ich, beugte mich über ihn und wuschelte ihm durch die Haare. »Los, ich geh mit euch beiden mit!«

Alex umarmte Devin zum Abschied, da sie ihn vermutlich nicht mehr treffen würde, bevor wir nach Hause flogen. Dann drehte sie sich um, umarmte Holly und versprach ihr, im Café vorbeizuschauen. Ich schüttelte Holly die Hand, aber sie umarmte mich.

»Schön, dich endlich kennen gelernt zu haben!«, rief sie. »Und vergiss nicht, unsere Jungs anzufeuern, wenn sie um den Super Bowl spielen!«

»Logisch!«

Alex und ich liefen zurück zum Apartment. Gabriel rannte vorneweg und hörte überhaupt nicht mehr auf zu erzählen.

»Du kannst mir bestimmt Eintrittskarten besorgen, wenn du im kalifornischen Football-Team der Uni spielst, oder?«

»Sicher. Aber ich weiß ja noch gar nicht, ob die mich überhaupt aufnehmen!«

»Doch, ganz bestimmt! Du hast doch selbst gesagt, dass sie dir einen Brief schicken werden! Und Alex wird ja an die gleiche Uni gehen!«

»Gabriel, ich habe noch keinen Studienplatz!«

»Aber du kriegst einen! Du bist nämlich superintelligent! Du hast lauter Einsen im Zeugnis und 15 000 Punkte im Aufnahmetest!«

»1500, Gabriel!«, verbesserte Alex und lachte. Wir fuhren mit dem Aufzug nach oben.

»Seht ihr – ihr werdet also alle beide zur gleichen Uni gehen! Ich bin mir ganz sicher!«

»Wieso bist du dir da so sicher?«, fragte ich.

»Ich habe es einfach im Gefühl!«

Wir traten aus dem Aufzug und liefen über den Flur zu ihrer Wohnung.

»Also, gute Nacht, Gabriel! Sag ›Tschüss‹ zu Sean, dann ist es Zeit fürs Bett!« Alex deutete auf Gabriels Zimmer.

»Warte!«, fiel mir ein. »Ich möchte dir noch ein Geschenk machen! Sozusagen ein verspätetes Weihnachtsgeschenk!«

»Ehrlich? Was ist es denn?«, fragte er. Mühsam riss er seine müden Augen auf.

Ich zog etwas Kleines, Dünnes, Rechteckiges aus meiner Tasche, das in ein blaues Taschentuch eingewickelt war. »Mach auf und sieh nach!«

Gabriel zerriss das Taschentuch und hielt eine Karte in den Händen. »Wow!«, johlte er. »Jerry Rice! Dein Glücksbringer! Vielen, vielen Dank!«

Er streckte sich und umarmte mich. Ich war überrascht, wie viel Kraft der kleine Kerl hatte.

»Gern geschehen!«, erwiderte ich.

»Ich werde gut auf ihn aufpassen!«, sagte er feierlich. »Die Karte kommt gleich in meine Sammlung! Tschüss! Und bis bald!«

»Gute Nacht, Gabriel!«

Ich sah ihm zu, wie er in sein Zimmer lief und die Tür hinter sich zuzog. Als ich mich umdrehte, bemerkte ich, dass Alex mich zweifelnd ansah.

»Das war wirklich nett von dir«, sagte sie. »Aber bist du dir sicher, dass du deinen Talisman verschenken willst?«

»Ich brauche ihn nicht mehr! Ich habe alles, was ich mir je gewünscht habe!« Ich nahm Alex in meine Arme. »Gabriel hat Recht. Unsere Wünsche werden in Erfüllung gehen. Ich habe es ebenfalls im Gefühl!«

»Ja, ich auch!«, murmelte sie. Dann küsste sie mich. »Wie hat Devin gleich gesagt? Das ist unser Jahr!«

Nachdem Sean, Alex und Gabriel gegangen waren, schlug Holly vor, dass wir noch ein bisschen am Strand spazieren gehen könnten. Winzige Lichtpunkte leuchteten rings um uns: die Sterne am Himmel, die Lichter der Häuser und ihre Spiegelung auf dem Wasser.

»Ich mag ihn«, stellte Holly fest. »Ich habe es zwar nicht erwartet, nach allem, was du von ihm erzählt hast, aber ich glaube, Sean ist ein ganz netter Kerl.«

»Ist er auch. Und Alex tut ihm bestimmt gut!«

Wir blieben stehen und sahen nachdenklich den Wellen zu, die sanft ans Ufer schlugen. Ich stand hinter Holly und hatte meine Arme um sie geschlungen. Wir atmeten die frische, würzige Meeresluft tief ein. Ich war verwundert, was in zwei Wochen so alles geschehen konnte: Zum ersten Mal im meinem Leben hatte ich es geschafft, mich Sean entgegenzustellen. Sean hatte eingesehen, dass sein Macho-Gehabe ziemlich dämlich war. Außerdem hatte er ein tolles Mädchen gefunden. Und ich hatte mich in ein bildhübsches Mädchen, mit einem Tattoo und einem nagelneuen goldenen Nasenring verliebt! Kalifornien – man muss es einfach lieben!

»Ich kann es gar nicht fassen, dass du morgen nach

Hause fliegst!«, sagte sie, während wir im Takt der Wellen sanft hin und her wiegten.

»Nur für ein paar Monate. Wenn Gary und Julie im Sommer heiraten, komme ich wieder her!«

»Ich kann es kaum abwarten! Ich wette, ein Smoking steht dir unglaublich gut!«

»Weißt du«, flüsterte ich und legte mein Kinn auf ihre Schulter, »eigentlich könntest du mich in den Osterferien mal in Oklahoma besuchen! Es gibt bei uns eine Menge Universitäten. Ich wette, da ist auch eine dabei, an der man Restaurant-Management studieren kann!«

Sie befreite sich aus meiner Umarmung und blickte mir ins Gesicht. »Bestimmt! Aber wie steht's dort mit dem Joggen? Wie schnell sind die Leute in Oklahoma?«

»So schnell wie der Wind, der über die weiten Felder pfeift!«

Holly lächelte. Sie war einfach wunderschön, wie sie da so im Mondlicht stand. Ich streichelte ihr über die Wange und strich ihr mit den Fingern durch das Haar – ich wollte sichergehen, dass sie auch wirklich existierte!

»Du hast mir gar nicht erzählt, wann du dein einzigartiges Erlebnis gehabt hast«, sagte sie.

»Bisher habe ich es ja auch noch gar nicht gehabt!«, antwortete ich. »Aber ich bin gerade kurz davor.« Hinter uns war nur das sanfte Rauschen der Wellen zu hören, über uns wurde der Nachthimmel immer wieder von Feuerwerkskörpern erleuchtet. Wir küssten uns. Und für einen kurzen, wundervollen Augenblick lang war die ganze Welt wirklich einzigartig.